The Hippocratic Regret

中山七里

希波克拉底的悔恨

目次

ヒポクラテスの悔恨

Part 1

老人的聲音

ヒポクラテスの悔恨

01.

浦和醫大法醫學教室的入口掛著一塊黃銅製的牌子。栂野眞琴的視線掃過黃銅牌上記載的誓詞。

『我向醫藥之神阿波羅、阿斯克勒庇俄斯、許葵厄亞、帕那刻亞並天地諸神發誓，就己身能力與判斷信守此約。我當敬業師如父母，分享我財，必要時予以幫助。視其子孫如手足，倘彼等願學醫，則無償教之。凡我所知，必當口授書傳授予吾子、吾師之子及發誓遵守此約之弟子，此外不傳他人。

於養生治療上，凡能力與判斷之所及，必以病家爲上，不危害之，不以舞弊爲目的。

不予人求死之藥，亦不授人以法，雖請求亦不應之。永不施行墮胎之術。終此一生，以純潔神聖之心行醫。

我發誓不動刀除結石，交由專業者爲之。

凡入人家，必全心以病家爲念，絕無任何危害妄爲之意圖。無論男女、貴賤，一視同仁。

凡我所見聞，無論關乎醫學與否，均守口如瓶。

我信守此誓，得享醫術與人生，如背此誓，願得其反。』

這篇人稱〈希波克拉底誓言〉的誓詞，凡是醫學院一定會在某處掛上一篇。雖然有些地方與現代不符，但通篇誓文的精神仍由醫學從業人員連綿傳承至今。

同事凱西說，在浦和醫大，這篇誓詞被掛在法醫學教室入口便是象徵。也就是說，行醫的對象沒有男女之別或身分差異，生者與死者也一視同仁。對死者也盡全力發揮自己的醫術，正是誓詞的精神所在。

一開始，她只把這篇誓言當作名言佳句。因爲她認爲，對死者行醫沒有任何人會開心。有這種閒工夫，不如把心力和時間用在活生生的患者身上，才更有效益。但在這法醫學教室學了兩年多，她明白了法醫學的知識能夠將隱臟的犯罪曝露於青天白日之下，也明白了找出死因是生者的救贖。誓詞的精神也儼然存在於法醫學。

正因如此，她現在還是會仰望這塊牌子。覺得每次看到這篇誓詞，都能重振決心。

副教授凱西・潘道頓剛好在這時候經過。

「Ｏｈ！眞琴，妳每次都看得好專注啊。」

「哪有每次……我又沒有每天看。」

「但是我遇到不止一次兩次哦。偶然一再發生就是必然了。」

一旦否認顯然會發展成爭論，所以眞琴決定聽過就算。凱西這個人從頭到腳都是邏輯構成的，她辯不贏。

「不過，的確每次看都會神清氣爽，令人深深感到希波克拉底眞是個偉人。明明生在西元前，精神卻傳承至今。」

一聽這話，凱西的臉色微微沉了沉。

「的確，說希波克拉底是醫學之父也不爲過。在他之前的治療行爲只不過是集合了原始的迷信咒術，但他導入了臨床與觀察，將治療昇華爲科學，這可以說是他最大的功績。只不過，我倒不認爲他一開始就是偉人。」

「怎麼說？」

「一出生就是偉人，那就成了聖經裡的人了。如果要讚揚他是個經驗科學的先鋒，也還是要把希波克拉底當作試誤的人來解釋才對。」

這道理眞琴也能理解。在迷信與咒術橫行的時代嘗試科學的治療，可以想見難免會發生誤診或醫療失誤之類的意外。畢竟那是沒有醫學書籍和人體模型的時代。

「〈希波克拉底誓言〉是誓詞，也是規定事項一覽。換句話說，就是守則。而絕大多數的守則，都是在發生意外和客訴之後做出來的。」

「那妳是說，這篇誓詞提到的那些，都是希波克拉底經歷過的意外和客訴的產物嗎？」

「如果不把希波克拉底當神，而是當作一名醫師，這樣推論才合理。他最初也是失敗過、挨罵過、絕望過，然後才站起來的。」

被凱西一說，聽起來就像眞有那麼一回事，眞是不可思議。

不是神，而是一名醫師。一這麼想，突然就覺得希波克拉底很親近，連眞琴都覺得自己很現實。

腦中倏忽閃過光崎的面孔。

身爲浦和醫大教授同時也是法醫學教室之主的光崎藤次郎。就眞琴所知，他是最遵守〈希波克拉底誓言〉的一名醫師。

光崎在法醫學上的見識與成績在國外也評價甚高，眞琴聽說很多人熱切渴望拜師。凱西也是其中之一，當年僅僅看了光崎所著的文獻與手術的影片就不遠千里從美國追到日本來。

但若套用凱西的話，光崎也一樣不是神，不過是一名醫師。那麼，光崎也曾經有過充滿苦澀的日子嗎？

「凱西醫師，光崎教授也有過那樣的時期嗎？」

「Boss？」

凱西似乎沒想到有這一問，話說了一半就停住了。接著像沉思般偏了頭。

「……我可以理解眞琴想說什麼。妳是想問，就像希波克拉底試誤一般，Boss是不是也曾經有過training day對不對？」

「既然說是training day，就應該有人教過光崎教授了。」

「我想眞琴的疑問是理所當然的，不過……sorry。我無法想像Boss遵從別人的指示、失意落寞的樣子。單單一個片段都無法。」

凱西難得露出困惑的神色。

「我想一定是因爲我太過崇拜Boss了。以至於形象一直固定在目前已經完成的樣子。」

「已經完成……那難以取悅、唯我獨尊不把人當人的樣子也算在完成當中嗎？」

「在手術上，Boss從來沒有失誤過。法醫學知識也比任何人豐富，而且最重要的是正確。在我的母校哥倫比亞醫大已經是活生生的傳奇了。那樣一個傳奇無法尊敬連平庸都算不上的人，也不能怪他。」

眞琴心想是不是要教凱西什麼叫盲目崇拜，但又想起典故諺語和四字成語搞不好凱西知道的還比她多，便打住了。

「凱西醫師，妳眞的好喜歡光崎教授啊。」

「這不是喜歡討厭的問題。Boss 是我的燈塔。是我徬徨迷惑時的路標、指針。這樣的存在沒有喜歡討厭可言。」

說到這，今天還沒看見光崎。光崎這個人，好像除了教室和解剖室以外沒別的地方可去。現在應該已經下課了卻不在，眞琴突然覺得奇怪。

「Boss 外出了。」

眞琴沒聽說教授有特別的行程，因而感到意外。

「不是有什麼事。眞要說的話，算是避難吧。」

「避什麼難？」

「所有有螢幕的地方。因爲等一下電視就會播出了，Boss 他待不住吧。」

「電視播出？什麼啊？我都沒聽說。」

「這種事情，Boss 不會一一公布。就是帝都電視台星期二上午十一點的《醫學之窗》啊。」

這個節目眞琴倒是聽說過。由全國醫師聯盟贊助，每集三十分鐘，經常推出醫學主題特集。眞琴自己沒有收看過，凱西卻是每週都錄下來。

「光崎教授怎麼會上那個節目？」

「因爲這週的主題是司法解剖呀。在日本說到司法解剖的權威，除了Boss不作第二人想，當然要請Boss上節目。」

凱西一副與有榮焉的樣子。

「既然是以權威身分上節目，爲什麼什麼都沒跟我說？」

「我也是昨晚才知道節目內容的。我看電視台的官方網站看到Boss的名字嚇一跳。什麼時候拍的、什麼時候會播，Boss本人一個字都沒提過。」

「連凱西醫師都沒說，那就表示……」

「妳能想像Boss會得意洋洋地宣稱他要上電視嗎？」

眞琴努力想像，但是徒勞無功。那不是個會邀功、出風頭的人。一個在昏暗的日光燈下握著手術刀比起在聚光燈照亮的地方像樣得多的人。一個不開口比說話安全得多的人。

因此眞琴反而擔心起來。

「讓光崎教授那樣的人上電視說話好嗎？」

就連多少樂昏了頭的凱西神情也有一絲僵硬。

「我想起碼不會發生在攝影機前口出惡言、揪住同台來賓的領口之類的武打場面。」

「又不是拳擊或職業摔角的記者會。」

眞琴自己加以否定卻又感到不安。而她的不安似乎也傳染給了凱西。兩人對望，說著「不會有事吧」「不至於吧」「而且錄影也可以剪接」讓彼此安心，但這番用心反而助長了不安。

最後的結論是只能看了節目再說。所幸法醫學教室好歹也有一台電視。十一點轉到帝都電視台，立刻便出現了《醫學之窗》的標題。

內容一如凱西所說，焦點放在日本司法解剖量之少。

『平成二十五（二〇一三）年度發生的非自然死亡屍體，也就是由警方處理的屍體全國一共有十六萬九千具。但是，其中送往司法解剖的卻僅僅八千多具。換算起來竟然不到百分之五。換言之，九成以上的屍體不知死因便下葬了。在這種情況下，眞相也可能隨著死者入土而葬送在黑暗中。』

節目一開始，主持人提到的現狀正是眞琴等法醫學者所面臨的現實，因此她並不感到驚訝。反而是這時候還特地討論這項事實的落伍才令她吃驚。

『多數先進國家的這類異狀屍體解剖率，幾乎都維持在百分之數十到接近百分之百。這是來自於國家及辦案機關的支援體制的完善，例如在德國，只有司法解剖能確認死因。而在澳洲，無論有無犯罪可能，都是由名爲 Coroner 的法官來查明死因，再加以公開，如此不僅能防範犯罪，也有助於減少意外與防治流行病。而在美國……』

主持人列舉國外實例強調與日本的不同。數字大致正確，提及的各國狀況也與眞琴聽聞的無甚差異。因此主持人的說明理應不至於讓她感到排斥才對，但她卻越來越煩躁。再次對本國與外國對待法醫學的雲泥之差感到失望。

遭到忽視固然令人落寞，但廣爲人知後也有廣爲人知的慘淡。自虐的心情簡直就像被迫聽情史的大齡剩女。不自虐便過不去的現實就在眼前。

『先進國家肯爲解剖提撥預算，反觀日本國內，平成二十五年度的司法解剖預算約十五億六千萬圓。然而日本病理學會計算出一具屍體的解剖費用約二十五萬圓。換句話說，以這份預算，整年度只能解剖六千二百具。而二十五年度實際解剖約八千具，執行金額約二十一億九千萬圓，總計約有六億三千萬圓的赤字。警察廳刑事局爲消除這個赤字，正討論在酬金設上限或重新評估檢查費的預算單價。』

所謂的酬金指的是解剖與製作解剖報告的報酬，而還要重新評估這筆費用實在令人不敢苟同。主持人剛才說司法解剖一具屍體的費用爲二十五萬圓，但實際上警方所支付的解剖費用含酬金在內是十六萬元。解剖一具屍體已經出現九萬圓的虧空，而這是由執刀的法醫師教室與大學的經費來彌補。因此若國家與警方在酬金設上限或重新評估檢查費的單價，法醫學教室與大學就必須負擔更多的虧空。

「遇到這種情況要做的，不是在會計科目上設上限，而是應該要提高預算才對，日本難道不是全世界GDP名列前茅的富裕國家嗎？」

凱西語帶諷刺地低聲說。只要在法醫學教室待上一年，誰都能深刻體會到國家是有錢但不打算花在死人身上。

『預算是個問題，更嚴重的問題是人才不足。全國有八十所醫療機構受託進行解剖，有一百五十四位法醫。平均計算，一所醫療機構的法醫不到二人。四十七個都道府縣中，有近半數的縣只有一位法醫。』

可能因爲是全國醫師聯盟所贊助的正經節目，沒有八卦節目常用的花俏音效。反而強調出主持人嚴肅的語氣，令眞琴這樣的第一線人員心生好感。

『預算、機構、人員均付之闕如。也就是人手、物資、金錢全都不夠，在這樣的現狀之下，於第一線服務的法醫學者是怎麼看、又採取什麼樣的對策？今天我們邀請到兩位貴賓。首先是千葉醫大法醫學教室的鬼頭兼生教授。』

『請多指教。』

千葉醫大的鬼頭教授眞琴也聽說過大名。著有好幾本法醫學書籍，也是知名的八卦節目名嘴。

『另一位貴賓是浦和醫大法醫學教室的光崎藤次郎教授。』

光崎終於出場了——眞琴懷著期待與好奇苦等許久，卻在攝影機捕捉到光崎的那一瞬間下巴掉下來。

就是平常那張撲克臉。

節目是在平日的上午，而且是醫學節目，收視率應該不怎麼樣。即使如此，也應該有幾千、幾萬人在看。既然以斯界代表的身分上電視，做出相應的表情是當然的禮儀。

然而眞琴發現，期待光崎懂社交、懂客套是個錯誤。他面對屍體的時間比活人還多，根本不需要社交或客套。在只要有知識和技術就能君臨天下的世界裡，他是君王。

或許是對無意回應的光崎感到困惑，主持人說了句「請多指教」，光崎還是連個頭都不點。

『先請教鬼頭教授。正如剛才的影片和字板所說明的，日本法醫學面臨極爲嚴峻的情況，教授有什麼想法？』

『是啊，剛才提到了人手、物資、金錢，但其中關於物資和金錢的問題，並不是我們法醫學者提出意見就能解決的。現今因少子化，每一所大學的財務都不樂觀，指望大學的援助也是不切實際。』

『原來如此。』

『大學這邊能夠做的，是人手方面的提案。剛才也提到人員不足，這一點是有迫切的原因的。』

『是什麼原因呢？』

『坦白說就是待遇。舉例來說，法醫學教室聘一名副教授，給的年薪是六百萬，不及同期醫師的一半。』

『畢竟不是醫療行爲，無法產出利益啊。』

『除了薪資，任期也是個問題。在法醫學教室服務的醫師幾乎都是一年的聘，而且既沒有危險津貼，也沒有退休金。』

『所謂的危險津貼是？』

『屍體潛藏了各種細菌。遇到病死也有被傳染的可能。屍體雖然已經不能動了，但本身就相當是個危險物品，當然需要危險津貼。』

『這果然是個艱難的工作啊。』

『又苦，又髒，又危險。說是3K①工作或許言過其實，但除此之外解剖又不能算業績，案子一直往忙碌的法醫學教室塞，就沒有時間好好寫論文，也就無法升遷了。』

『這樣對從事研究的人來說豈不是百無一利？』

『一點也沒錯。不少學生和年輕的研究人員對法醫學也有興趣，但在這樣的背景之下，實在無法不令人敬而遠之。所以我認為大學方面能做的，是建立起新的制度。除非有志於法醫學的人能夠得到合理的評價，否則人員不足的問題無法輕易解決。』

『謝謝鬼頭教授分享的意見，那麼光崎教授怎麼看呢？』

主持人點名，光崎依舊板著一張臉，嘴角向下撇。

『什麼重新研討制度設計。要是那點小把戲就能改變狀況，早就動手了。』

「凱西醫師，不知道這個節目都是什麼樣的人在看喔？」

「醫療從業人員。或是晾完衣服的主婦吧。」

「但願收視率不高。」

「可是眞琴，這個節目可不是關東的地區性節目，是全國性的。有幾萬個人在看，而且想必這當中大概有一些人會開始在網路上攻擊Boss的主張和態度。」

網路社會之名雖已行之有年，電視的影響力還是不容小覷。名人一不小心說錯話，便有許多網民脊髓反射般展開攻擊。明明跟自己八竿子打不著邊，爲什麼會有那麼激動的反應，眞琴實在想不通。

『那麼，光崎教授認爲問題在哪裡、有什麼解決之道呢？』

『死因不明的屍體常見的原因有兩個。一個是有太多警官和醫生不去傾聽屍體的聲音。屍體明明有話要說蠢蠢欲動，警察和檢視官卻戴上耳塞。』

『戴耳塞，是嗎？』

『另一個原因是錢。說另一個，不如說這才是最大的原因。只要有錢，就能解剖所有的非自然死亡屍體，也能留住優秀的法醫。才能會聚集在有錢的地方。以目前極度貧窮的狀態，要爲法醫學求才，根本是緣木求魚。』

這下坐在旁邊的鬼頭教授聽不下去了。

『光崎醫師，您這話在一些人耳裡聽起來，好像錢就是一切。還是有自費趕往現場的法醫學者……』

『我要說的就是，那種自費的意願根本沒有意義。解剖不應該靠善心或志工來做。』

『可是你這種說法可能被解釋爲拜金主義。』

---

❶ 苦（kitui）、髒（kitanai）、危險（kiken）的日文羅馬拼音均是K開頭，因此又苦又髒又危險的工作被稱為3K。

『世上的問題有九成可以用錢解決。』

或許是主持人不知道怎麼應付光崎，還是光崎又發表了更偏激的言論，鏡頭突然切換了。介紹了一些透過司法解剖而找出未被發現的死因、進而破案的案例。就節目流程而言，是強調了司法解剖的重要性與成果，但即使有這些，光崎的發言還是很突兀。在不了解光崎為人的人——不是鬼頭——看來，將那樣的對話解釋為拜金主義也無可厚非。

「我想 Boss 眞正想說的，是錢無法解決的那一成。」

眞琴也持相同意見。那個開口只會損人的老教授就算死也說不出一句好話，但自己和凱西都知道剩下的那一成是什麼。

「他不是會在攝影機前說那些的人。」

「是啊。Boss 雖然是法醫學權威，卻不是發言人。接下來不難想像站在什麼立場的人會對 Boss 發出什麼非議。」

「大學可能會有接不完的抗議電話。」

「我們先跟總務說好，請他們不要把那類電話轉給法醫學教室。」

接下來節目沒有再出現光崎的鏡頭便結束了。凱西無言地關掉電視，立刻打內線找總務課。

***

『世上的問題有九成可以用錢解決。』

緊盯著螢幕的一雙眼睛，開始緩緩出現晦色。

錢嗎。

是啊，光崎教授。你說的沒錯。世上的問題有九成可以用錢解決。

所以自己那時候就解決不了。

有些人就是因爲沒錢只能隱泣。

有些眞相就是因爲沒錢只能隱沒。

但是，唯獨你沒有資格這麼說。

竟然說別人不傾聽屍體的聲音。

竟然說警察和檢視官戴上耳塞。

那你呢？

難道你隨時都看著屍體嗎？你看的難道不是上面的人嗎？聽到的難道不是鏘鎯鎯錢發出的聲響嗎？

不然，就讓我來考驗你一下吧。

目色晦然的人關掉網路電視，然後便開始搜尋帝都電視台的官方網站。

02.

「大家好。」

埼玉縣警搜查一課的古手川和也，在那個節目播放的第二天造訪了法醫學教室。

「咦，難不成只有眞琴醫師一個人在？」

「凱西醫師有課。光崎教授在開會。」

「開會嗎。很快就會開完嗎？」

「預計下午三點結束。」

「再二十分啊。那可以讓我在這裡等嗎？」

「反正我說不行你還不是會死賴著不走。」

「既然妳這麼了解那就好說了。」

古手川一副自己家熟門熟路地，就近在一張椅子上落座。

「那是凱西醫師的椅子。」

「放心，她一回來我馬上閃。」

這人根本不知道什麼叫客氣，眞琴故意大聲嘆了一口氣。每當發生需要司法解剖的案子，古手川一定會來敲法醫學教室的門。雙方因此而熟識，但眞琴認爲人與人還是需要適當的距離感。

「又來申請解剖？」

「不算是。應該算是警告。」

「警告？警告光崎教授嗎？」

「我看了《醫學之窗》。不過是從網路電視看的，不是無線電視的首播。那個啊，在電視上看到平常看慣的人感覺好奇怪。怎麼說啊，感覺平常中間隔著什麼的兩邊連繫起來了。」

眞琴也有同感，便不禁點了頭。

「不過，光崎醫師畢竟是光崎醫師啊。主持人、節目的用意和觀衆他全都沒放在眼裡。根本就他平常那唯我獨尊的樣子。習慣的人是還好，對沒有免疫力的人來說，那可是劇毒。」

「劇毒這一點我不否認。」

「所以呢，很快就有人被劇毒毒到了。」

這也是不可否認的事實。那個節目才播完，大學的總機就不斷接到抗議電話。總務課說，從下午電話就一直響個不停，他們判斷再這樣下去會妨礙一般業務，就暫時把電話聽筒拿了起來。

被罵拜金主義是意料中事，但抗議電話的內容遠遠超乎眞琴的想像。

『技術不好就不要怪到經費上。』

『你就是爲了查明死因才當法醫的啊，那就不要任性吵什麼費用不夠人手不足的。』

『學者就該爲學問犧牲奉獻死而後已，不要現在才來靠夭。』

『法醫又不是想當就能當的，稍微忍耐一點好嗎？被壓榨得比你們慘的人多得數不清。』

『那個光崎是什麼東西？解剖屍體了不起喔？不爽！』

『在鬼扯什麼醫者仁心之前，先改進一下人品好嗎？』

利箭從死因不明之外的地方飛來。每一枝都落空，但就算命中，也刺不穿光崎的胸口吧？

「爲什麼偏偏是一些沒有直接關係的人這麼熱心啊？」

「因爲他們不爽啊。」

古手川說得一副了然的樣子。

「就是因爲沒有直接關係，才會一個不開心就去潑人家屎。這跟看到電視節目跟自己意見不同就蠢到去投訴一樣。看不順眼，關電視不就好了，世上的一切不順心如意就生氣是有屁用，之類的。」

他一反平常語帶譴責，眞琴注意到了。

「妳說光崎醫師在開會，反正也是跟這件事有關吧？」

「……量的問題，在某個階段變成質的問題了。」

「什麼意思？」

「意思就是，再蠢再可笑的投訴，一旦多到壓迫總務課的日常業務，教授會議也不得不提出來討論。」

「哦，原來如此。」

古手川一副恍然大悟的樣子點頭。現在正在舉行的那場教授會議，是今天早上才臨時召開的。不用出席也猜得到會議的內容，肯定是針對光崎在電視上的言行，這也不是那也不是的進行著愚不可及的言語交鋒。

「學校裡應該不是所有人都支持光崎醫師的吧？」

「真要說的話，數支持他的人會比較快。」

「出席全都是那種人的會議，不會有問題嗎？」

「我想是不會的。」

眞琴背誦般說出凱西說過的話：

「過去一大堆類似的情況教授也都被推出去當箭靶。司法解剖沒得到家屬同意啦，越過教授會議與校外合作啦。跟那些比起來，這次上電視還滿可愛的。」

「可愛啊……把幾乎算是粗言穢語的話稱之爲可愛，我覺得這標準跟一般的好像差很多。」

「古手川先生，你是特地爲了給我們這個忠告才來的嗎？」

「不是我要來，是組長派我來的。」

古手川嘴裡的組長只有一個——搜查一課的渡瀨，也是個與光崎比有過之而無不及的怪胎。唯我獨尊，不服從組織，偏偏破案率即使在整個縣警裡也是無人能出其右，因此誰也不敢說什麼。或許是同樣能幹又怪僻，不知爲何似乎與光崎很合得來，被古手川等人暗罵是「埼玉的赤鬼和青鬼」。

「今天早上，帝都電視台的官方網站上，有一則奇怪的留言。」

「反正一定又是不三不四的中傷，要不就是威脅吧？」

「不算威脅，算是犯罪預告。因爲內容的關係，節目製作人就向縣警報案。」
古手川的語氣散發出一種留言的內容不容勿視的氣氛。
「那則留言馬上就被刪除了，可是有截圖下來。就是這個。」
他遞出來的紙上，印的是放大的螢幕截圖。
『親愛的光崎教授，您在節目中大放厥詞，那麼，不妨讓我試試您所謂能聽到屍體聲音的耳朵吧。接下來我會殺死一個人，就一個人，用的是怎麼看都是自然死亡的方式。但是，屍體會告狀說它是被殺的對吧？既然您聽得到，就聽聽看吧！』
一看就能察覺留言的人的異樣。既不是揶揄也不是抗議。即使不是司法從業人員，也看得出這是明明白白的犯罪預告。會在電視台的官方網站上寫這樣的留言，如果不是特別愛鬧的人，就是玩眞的了。
「可是，爲什麼找上帝都電視台？我以爲這類犯罪預告，一般都是針對警方或我們的。」
「妳會這麼覺得，是因爲浦和醫大也有官方網站。只是在浦和醫大預告，破壞力太低，而在縣警的網站留言，很可能馬上就會被查出自己的底細。寫給電視台，不但容易傳開，網路安全也不像警方管那麼嚴。」
眞琴悄悄觀察古手川的臉色。他的表情也和語氣一樣嚴峻起來。

「渡瀨先生派你來，可見搜查一課是認眞的？」
「組長說這是玩抓鬼。」
「抓鬼。什麼意思？」
「有好幾張蓋起來的牌，要抽出來才知道花色。在抽到鬼牌之前，必須一直抽牌。可是，每抽一張就要付二十五萬。這筆錢，到底誰來付？」
眞琴感到一種令人厭惡的既視感。縣警沒有能夠讓所有非自然死亡的屍體進行司法解剖的預算，大學也沒有。
「最惱人的是，留言的人強調他只會殺一個人。如果照他說的只有一個人，分母越大，範圍就越難縮小。相反的，如果他說只有一個人是陷阱的話，我們也可能被犯人耍著玩。」
「……也就是說，犯人有可能是在利用光崎教授的發言。」
「我倒是很懷疑，這個主意賊一點的人都想得到。暗示這種兩階段架構的可能性，就超過單純的愉快犯和惡作劇的範圍了。組長之所以派我到這裡來，就是因爲這樣的緣故。」
以紙牌比擬非自然死亡屍體的遊戲。雖然惡劣到極點，渡瀨的比喻卻十分貼切。既然有人計畫要殺人，要想出比這更能擾亂警方的妙招並不容易。

「最惱人的是，問題會回到光崎醫師在電視上講的話。」

「錢的問題，對吧？」

「嗯。實際上要採取什麼行動還未定，可是從今天起，每出現一具非自然死亡的屍體，警方就有得忙了。現在就已經人手不足了說。不過，就算人不夠的問題可以向比鄰的縣警或警視廳尋求協助，但錢的問題就沒轍了。所謂的巧婦難爲無米之炊。眞琴醫師在『修正者』事件的時候也親身經歷了吧？」

「修正者」事件，起因有人在埼玉縣警的官方網站公佈欄上留言，以至於全縣發生的每一件自然死亡、意外死亡都必須送司法解剖。當然，所有的非自然死亡本來就應該送解剖，但實際上眞的去執行了，年度只過了一半就把縣警和大學的解剖預算耗光了。

沒錢萬事不能。沒有錢就連一項化驗藥品也用不起。據古手川說，甚至有些案子，即使他殺嫌疑濃厚也不得不以意外死亡來處理。固然這也免不了辦案不嚴謹的批判，但俗話說有錢能使鬼推磨，這個案子就是現實的寫照。

「縣警上層也不是笨蛋，好像也向警察廳申請擴充司法解剖的預算。但警察廳刑事局的回答跟去年一樣：『重新評估酬金上限與檢查費用單價』。可能也是因爲解剖費用年年都是赤字，回應冷漠得可以，所以縣警高層也是呈死心狀態。」

古手川這一番嘔氣般的話，直接說出了埼玉縣警的心情。如果改變系統或負責人的精神意志就能應付也就罷了，但迎頭就碰上瓶頸，豈不是只能去找神話故事裡有求必應的百寶鍾嗎？

屋裡的氣氛變得陰鬱沉重。兩人都是和錢無緣的人，連互相安慰也不可得。只能哀嘆彼此的口袋都太淺。

而不知算時機巧還是不巧，一個不合時宜的人偏偏就在這時候闖了進來。

「Hey！古手川刑警。又有案子要送？可是這氣氛也太陰沉了。難不成你們兩個終於分手了嗎？」

「到底要怎麼想才能想到那裡去？」

眞琴還沒抗議，古手川就出聲了。

「什麼分不分手，根本就還沒交往好不好？」

「那就趕快交往啊！埋頭猛衝不是古手川刑警的座右銘嗎？」

「不是我是說……」

再讓他們扯下去就會變成抬槓，於是眞琴將帝都電視台那件事告訴了凱西。

這下就連凱西的神情也嚴肅了。

「所以，不止是『修正者』惡夢重現，不利因素甚至比那時候更多？」

「是的。埼玉縣警就不得不對今天起發生的每一起非自然死亡的屍體都繃緊神經。」

「明明是本來應該有的態度，說奇怪也眞奇怪。」

「目前新年度過了兩個半月，司法解剖的預算執行率就已經超過百分之三十了。」

「沒想到古手川刑警這麼悲觀。」

凱西故意誇張地嘆了一口氣。

「我不覺得我有特別悲觀啊。」

「半杯水，是看成只剩一半，還是還有一半？不同的看法也反應出一個人的人生觀。」

「明明凱西醫師才有太妹氣質。」

「你說的是Yankee嗎，還是穿著全套運動服、住在Suburb的人呢？不過既然是你說的，我就當成善意來解釋好了。」

儘管已經習慣和眞琴說話，但看來只要遇上凱西，古手川還是無法預測她的反應。看他一副極其疲憊的樣子。

「請放心，古手川刑警。不是有一句很棒的成語叫重蹈覆轍嗎？我們當然要以此爲鑑。『修正者』事件應該也讓我們長進了不少才對。」

「可是凱西醫師，別的不說，遇到預算的問題，我們縣警實在無可奈何啊。」

「又悲觀了。既然警方和大學都弄不到錢，從別的地方要不就得了。」

「難不成妳找到哪個瘋狂的贊助人了？」

「我想現在開始找。」

古手川以更加疲憊的神情看向眞琴。臉上寫著，不是他悲觀，是凱西太樂觀了。

次日傍晚，古手川打電話到法醫學教室。打教室的市內電話而不是眞琴的手機，肯定是申請解剖。

『昨天才在講今天就來了，眞琴醫師。』

「要申請解剖是吧？」

『熊谷市死了一個老人。病死的可能性很高，但也不能百分之百確定。雖然這樣好像被留言的人操控，讓人很火大，但妳能不能來一趟？』

由不得眞琴說不。

03.

這年頭，熊谷市與岐阜縣多治見市一起以「日本最熱的城市」而出名。因二〇〇七年八月十六日測得當時日本觀測史上的最高氣溫四十點九度，該市便反過來將這猛烈的酷熱利用於振興地方。

熊谷市的氣溫變高的主要原因有二：一是海風送來被東京都市的熱島現象加熱的熱風；二是秩父山吹來的風因焚風現象加熱成熱風。這兩種風下午二點多在熊谷市上空附近交會，使氣溫異常上升。

尤其是現在正值六月中旬，關東甲信越地方超過三十度的連續天數不斷寫下新紀錄。

雖然已經傍晚六點多，天色漸暗，但卽使待在車裡，仍可見白天酷暑的餘孽。柏油路面悠悠升起的熱浪扭曲了眼中所見。

「你說病死的可能性很高，不過不能百分之百確定是吧？」

眞琴一問，古手川卻唔了一聲，給了含糊的回答。

「熊谷署收到通報。我也沒有聽說屍體詳細的情況，可是年齡也好、狀況也好，都極其接近自然死亡。要是在平常，熊谷署也會以自然死亡來處理，可是因爲有那則留言就不行了。」
「可是，檢視官已經相驗過了吧？那這樣不就能下結論了嗎？」
「檢視官也無法下結論，所以才爲難。反正，去了就知道。」
現場位於閒靜的住宅區的一角。是一處落成不久的新興住宅區，家家戶戶的外觀都亮麗脫俗。他們要去的是一戶二層樓的洋房，玄關前停著熊谷署的警車。
「報案的是桑野家。三代同堂，過世的是爺爺卯平。」
根據古手川的說明，家庭成員有卯平、長男智生與媳婦碧，以及孫女幾花，一共四人。
「卯平今年九十，所以是相當高齡的銀髮族。最近好像已經下不了床了。」
「你的意思是說，因爲年紀大，所以衰老的可能性很高？」
「也有年紀大卻馬上風的啊。」
眞琴雖然覺得當著一個妙齡女子說這種話簡直性騷擾，但仔細想想，這類屍體也眞是司空見慣，倒也覺得沒什麼好說的了。
一進玄關，乾冷的空氣便裹住全身。因外面悶熱，感覺彷彿來到另一個世界。
員警在走廊上來來去去，但其中有個一臉來錯地方的小女孩。看來似乎才剛上小學。這孩子應該就是幾花了。

看她不知所措的樣子，眞琴忍不住想跟她說說話。

「怎麼了？」

「爺爺的房間，現在進不去了。」

雖然同樣是大人，但大概看到是相同的性別便安心了吧。當眞琴蹲下來配合她的視線高度，她便這樣告狀著。

「爸爸媽媽都說不可以進去。」

「幾花妹妹，妳跟爺爺很要好嗎？」

「嗯，我喜歡爺爺。我們房間在隔壁，爺爺平常都會陪我玩。可是，現在一直躺著，就不能陪我玩了。」

父母不讓幾花進房間的原因不難猜想。多半是不願意讓幾花看到祖父的屍體受到驚嚇吧。

「有好多警察伯伯，好可怕。」

眞琴抓住古手川的肩，讓他也彎下腰配合幾花的視線高度。

「這個大哥哥可不可怕？」

或許是古手川身上頑皮鬼的影子還在，讓幾花感到親近，只見她搖頭。

「這個大哥哥也是警察。看吧，一點都不可怕吧！」

「我說呢，眞琴醫師，不要把別人當緩衝材料來用行不行？」

「有什麼關係。縣警本部也是以警民一家親爲目標不是嗎？」

大概是古手川自以爲貼心吧，他伸手要去摸幾花的頭，幾花卻不高興。

「不要把我當小孩。」

古手川討了個沒趣，望著幾花，然後對眞琴投以抗議的眼神。

「再忍耐一下喔。警察伯伯把工作做完就會回去的。」

至少，眞琴比古手川更理解一個女孩失去家人的心情。安撫好幾花後，眞琴在古手川引領下前往屍體所在之處。

桑野家的空間規劃是一樓設置廚房、餐廳和浴廁，以及兩個房間。這兩個房間分別是智生的書房及夫婦的寢室。二樓則分別是卯平與幾花的房間。

先抵達卯平房間的熊谷署刑警與另一位眞琴認得的人物，正低頭看被單蓋起來的屍體。

「果然是派妳來啊。」

看到眞琴便諷刺地撇嘴的是國木田檢視官。眞琴當然不會忘記——她頭一次接到解剖申請出公差時，與古手川小小爭執了一番的人。那時候，國木田剛被任命爲檢視官，顯然正汲汲於爭取自己的立足之地。

相對的眞琴也一樣。當時她以實習的名義被丟進法醫學教室，得知過去以爲的正義在現實狀況下根本不管用，焦躁不已。

現在過了兩年多，眞琴變了。姑且不論對錯，至少她是往自己喜歡的方向改變。那麼國木田如何呢？

「光崎醫師可好？」

國木田可沒忘記眞琴。看過來的目光，似乎比以前圓融了些。

「教授有些校外事務。」

「其中之一是上電視嗎？」

眞琴自然提高警覺。自從《醫學之窗》播出以來，光崎便受到內外夾攻。他本人絲毫不以爲意，但當面受到揶揄嘲諷眞琴還是會生氣。

但國木田卻說了意想不到的話。

「光崎醫師眞敢說。」

「咦？」

「解剖率低，是檢視官的素質和錢的問題。單純明快。痛痛快快地把圈內人因爲太過直接，而不願意說的都說出來了。如果沒有那樣的衝擊，想傳達的意見也傳達不出去。」

「啊，謝謝。」

「場面話到此爲止，來說明狀況吧。」

國木田蹲下來掀開床單。出現了一具老人斑明顯的嬌小屍體。眞琴與古手川反射性地雙手合十。

「屍體九十歲。腰腿虛弱，這幾個月幾乎都處於臥床狀態。你們看，這裡和這裡。」

國木田指的是腰部的薦骨和腳跟。微微糜爛的褥瘡說明了特定部位受到持續壓迫的事實。

「因爲不是抱病，而是老化，所以沒有住院，家人選擇了居家照護。房間在二樓，上下樓梯雖然危險，但本人臥床不起，而且家人認爲二樓比出入多的一樓安靜。」

眞琴摸了摸屍體的肌膚。像冰一樣冷。

人體因代謝等機制源源不斷地產生熱量，但死後便停止產生。體內溫度便會下降至接近周遭的氣溫。難怪屍體放置在持續開著空調的房間會這麼冷。

「推定死亡時刻？」

「根據測量的直腸溫度，死後三、四個小時。下午二點到三點之間。現在正好要開始死後僵直。」

摸摸屍體的下巴，的確摸得出僵硬。死後僵直於死後二、三小時自顳顎關節開始發生，再陸續發生於大關節、末梢關節，國木田的看法便是由此而來。

「請等一下。」

古手川提出疑問。

「他是死在這個房間裡的吧？明明有家人在，卻晚了三、四個鐘頭才發現，該怎麼解釋？」

代替國木田回答的，是熊谷署的一位佐伯刑警。

「因爲其他家人都外出了。」

「丟下一個老人家？」

「所有人都各有各的理由……哦，縣警本部要直接問話嗎？」

看不出這是因爲轄區警署厭煩縣警本部插手，還是給古手川方便。但古手川不太信任別人，所以這個提議算是正中下懷吧。

「發現屍體的是媳婦碧。她回到家去看公公的情況，發現已經沒氣了。發現的時間是下午五點多，三十分之後向我們通報，我們就趕來了。」

「三十分鐘的間隔也不短啊。」

「她本人說是嘗試了各種急救方法，又恐慌起來的樣子。後來兒子智生回來了，便報了警。」

今天是平日，雖是家中主婦但有工作，也就不得不離家。所以悲劇是發生在家人不在的時候嗎？

詢問家人是古手川的工作，而查明死因則是自己的工作。眞琴再度向國木田發問。

「檢視官的看法如何？」

「不清楚。」

令人驚訝的是，國木田很乾脆地舉了白旗。

「不對，這樣講有語病。沒有外傷，沒有罹患特定疾病的形跡。從外觀上怎麼看都是衰老導致的自然死亡。但是電視台網站的留言內容讓人不安。『以看起來絕對只會是自然死亡的形式殺人』是吧？腦子裡有了印象，要下自然死亡這個結論無論如何就是會遲疑。」

「……我也是這麼想。」

國木田等檢視官的任務，便是判斷屍體是否要送司法解剖。若是在意留言的內容，最簡便的就是像歐美那樣，解剖所有的非自然死亡屍體，但這麼一來，解剖的經費轉眼間就會見底。檢視官也是隸屬於縣警本部的一員，所以不敢亂來。

「正因如此，才想聽聽名符其實的浦和醫大法醫學教室的意見。」

「不好意思，我這個楞頭青不符您的期待。」

「現在不是謙卑的時候吧？」

國木田的話既溫柔又辛辣。

「妳都已經在光崎醫師底下從事司法解剖兩年多了，應該累積了一般醫學生無法攀比的經驗。超出必要的謙卑，等於是拉低光崎醫師的評價。」

眞琴懷著莫名清爽的心情行了一禮。「對不起，是我失言了。」

「好了。那妳身爲浦和醫大法醫學團隊的一員，怎麼看這具屍體？」

「呃？」

「我想聽聽傳承自光崎醫師的看法。當然，是作爲參考。」

清爽的心情一掃而空。看來這兩年國木田學會的不止是謙讓而已。

早知如此，應該叫凱西一起來的——後悔歸後悔，但不巧凱西有課排不開。

既然如此，只能自己下判斷了。

「不好意思。」

向國木田打聲招呼之後，眞琴再度相驗屍體。

屍斑集中於屍體下半部。小腿略顯浮腫是臥床患者獨特的症狀。翻開眼皮，角膜尚未混濁，不見黃疸特徵。衰老死亡的直接原因經常是老化導致的多重器官衰竭，但不解剖眞琴也不敢隨便說。

在苦苦掙扎於如何判斷的同時，腦海的一角實際感受到：正因如此所有的非自然死亡都必須加以解剖。要確實查明是否爲自然死亡，解剖是最好的辦法。

即使觸診，從卯平的屍體也感覺不出什麼。眞琴雖然不是國木田，但認爲如果自己是檢視官，也會判斷爲自然死亡。

不行了——眞琴對自己很失望。就算跟著光崎解剖過許多屍體，也不代表得到了比現任檢視官更多的見聞。要發揮所見所聞的經驗，還必須要有別的能力。這樣的能力自己還遠遠不足。

國木田的一雙眼睛興致勃勃地朝這邊看。

是否要判斷爲自然死亡？眞琴還在猶豫時，古手川插了進來。

「欸，檢視官，我可以說句話嗎？」

「什麼話？」

「屍體的狀況很重要，但也不能忽視對家人的心證。浦和醫大法醫學教室的判斷，能不能等詢問以後再說？」

「好啊。這點時間還是有的。」

可以晚點再回答。

眞琴鬆了一口氣暗道好險。往旁邊偷瞄一下，古手川以眼神示意自己欠了他人情。

你這人最討厭了。

眞琴連說都不願意說，狠狠地瞪他一眼。但也不忘感謝之心。

一來到一樓，卯平的家人齊聚在餐廳裡。剛才在走廊上不知所措的幾花也坐在母親身邊。

「那麼，現在就請讓我們確認一下各位今天的行動。」

古手川一這麼開口，智生立刻有所反應。

「這是沒關係，可是簡直跟偵訊一樣。家父是衰老，爲什麼有確認這些的必要？」

「目前還沒有確定是衰老而死，而且在醫院以外的地方死亡，會先當作非自然死亡。」

語氣簡潔卻不由分說。智生面露不滿，但還不至於出言反駁。

「我在通訊行上班，下午快五點的時候，接到內人聯絡說『爸爸好像死了，都不會動』。我趕回來一看，就是這樣……然後就聯絡了警方和醫院這兩邊。」

「早上上班的時候，卯平先生還是和平常一樣是嗎？」

「我想是的。家父從很久以前就沒有吃一般的餐食，但內人說，還是會吃半碗粥。」

這番話也為卯平的衰老而亡背書。

生理學上有恆定這個概念。活體具備一種自動機能，將體液維持在一定的成分、溫度、濃度，飲食的補給也是來自這個機能的運作。因此當活體接近生存的極限時，便會停止維持機能，不再接受食物。人隨著衰老而食量變少，便是這個道理。

「接著是太太。您平常都不在家嗎？」

碧似乎有點不高興。

「我之前做的是兼職，但三月起爸爸就變成那樣，所以後來就一直在家照顧。今天是越谷的娘家剛好有事不得不回去，才會在早上七點出門。」

「七點。那麼，您在您先生和女兒之前就出門了嗎？」

「不是，外子平常都是七點前就上班了。幾花是跟著小學的集體上學八點出門。平常我都讓她帶鑰匙出門，所以只有今天幾花是最後出門的。」

古手川的視線移到幾花身上，她默默點頭。雖然覺得讓讀小學的女兒負責關門不太好，但二樓的卯平雖然臥床不起，但還是在家，所以嚴格來說家裡並不是沒有人的。

「您讓卯平先生吃過早餐之後，空調就一直開著嗎？」

「我做了自動設定，讓溫度不會太冷。」

「這麼說，是開一整天嗎？」

「那個，附近鄰居都是這樣，到了氣溫超過三十度的時候，有在用的房間空調幾乎都是不關的。」

「有在用的房間，那府上就是五個房間了。每個月的電費不會很高嗎？」

「最近的空調都是節能型的，和以前比起來電費便宜多了。而且，這裡是日本最熱的城市。我現在白天也幾乎都在家，空調一直開著也沒關係。捨不得電費會死人的。」

這應該不算是熊谷市才有的特殊狀況。不止熊谷市，這年頭氣溫超過三十五度的日子一連就是好幾天，空調開二十四小時並不稀奇。廠商也鑑於這樣的使用情形，致力於開發節能機型。

「您有另居他處的兄弟姊妹嗎？」

「沒有，我是獨生子。」

「原來如此。順便請教一下，這房子是在哪一位名下？」

「家父。七年前幾花出生的時候，我們趁機改建了老房子。怎麼了嗎？」

「沒有，只是確認一下。」

也太刻意了——眞琴心想。這問題明明就是毫不掩飾地懷疑家人嘛。

「請問，什麼時候可以交還家父的遺體？我們還有葬禮的準備要考慮。」

「今天還沒辦法哦。」

明明都還沒確定要不要送司法解剖，古手川就這樣大放厥詞。結果，智生和碧立刻就出現反應。

「沒辦法？這怎麼說？」

「刑警先生，天氣這麼熱，要放也不能放多久。」

「這幾個月，家父一直與衰老搏鬥。我希望能讓他好好休息。」

「搏鬥，是嗎？我曾經聽說衰老而死是活體自行關掉了生存必要機能系統。這與其叫作搏鬥，更應該叫作解除武裝吧？」

智生的臉色頓時變了。

當然，眞琴也知道這是爲了激怒智生夫婦所問的問題。但是對家人剛往生的人而言，這樣的話太差勁了，甚至有辱往生者的尊嚴。

這樣的手法，也是從渡瀨那裡學來的嗎？

當眞琴瞪過去表示等會要罵他時，看到古手川的臉頰微微抽搐，連忙改變主意。古手川這個人，說好聽是老實，說難聽就是魯直，與追捧和奉承無緣。但工作上有時候會不期然地出現必須口是心非的狀況。每當這個時候，他就有臉頰抽搐的毛病。

「可是既然是自然死亡，不是應該可以不經解剖火化嗎？」

智生大聲說，似乎已經瀕臨激昂邊緣了。在旁人看來，火葬云云還是其次，看起來更像是擔心會不會被解剖。

「剛才我也說了，目前還不確定是不是衰老而死。這世上就是有人僞裝成自然死亡來殺人。」

「你說那是我嗎？眞是太可笑了，這是誹謗。」

「前幾天，就有人在某電視台網站上留了這樣的留言。所以不止檢視官來了，我們也把法醫學教室的醫師請來了。」

「法醫學教室的……醫師。」

繼智生之後，碧也一副這才醒悟的樣子看了眞琴。看樣子他們都誤以爲眞琴是古手川的同事，讓眞琴覺得很複雜。是要爲看起來像刑警開心？還是要爲看起來不像醫療從業人員而難過？

「這位是浦和醫大法醫學教室的栂野眞琴醫師。其實剛才在相驗的時候，我們就已經向醫師申請解剖了。」

「什麼！」

智生瞪大了眼睛，但眞琴更驚訝。

根本沒聽說。

「到底有什麼依據，讓你們非要解剖不可？」

「栂野醫師非常謹愼，在完成解剖報告之前，即使對我們警方也不會提出推論或看法。但是她的判斷從來沒有出錯過，所以贏得縣警本部全面的信賴。」

古手川的臉頰大抖特抖。

「這樣一位醫師判斷必須進行司法解剖，我們也只能照做。我們這就請運屍車來接，請各位做好心理準備。那麼我們告辭了。」

單方面宣告之後，古手川立刻起身離開餐廳。眞琴趕緊追上去。

「喂，古手川先生！」

「疑問抗議責怪都晚點再說。這裡要提防關係人的耳目。」

「我自己也有耳目。在旁邊聽得差點昏倒。」

「多謝妳沒有。」

重新面向眞琴的古手川一臉由衷抱歉的神情。

「我想那是最可信的謊話。」

「你打算怎麼負責？」

「那個也晚點再想。」

眞琴整個無言。

「……請告訴我你覺得可疑的依據。」

「我說已經申請司法解剖來套他們，結果立刻就有反應。那種驚慌的樣子不尋常。」

「就這樣？」

「嗯。」

「這不叫依據。不就只是印象嗎？」

「眞琴醫師，妳進法醫學教室以後，解剖了幾具屍體？」

「我沒數過，最起碼一天一具，多的時候三具。」

「已經兩年多了，所以算起來最起碼也超過五百具吧。那就算不到光崎醫師的程度，只要看屍體一眼，能夠預料到的事情也變多了吧？」

「只要次數夠多，誰都……」

眞琴說到一半就停下來了。因爲她明白了古手川的意思。

「我也是啊，我看人扯謊的次數也不輸眞琴醫師。雖然說是印象，卻也八九不離十。」

古手川告訴在二樓的房間待機的國木田要運送屍體。或許早已料到這個結果，國木田沒有反駁便承應了。

「那麼就請浦和醫大法醫學教室解剖。」

對國木田而言，等於是把自己的判斷全部丟給眞琴了。即使解剖結果是自然死亡，只要說是拗不過現場的刑警與法醫學教室要求解剖，至少可以保住最起碼的面子。

古手川再度一臉過意不去地看眞琴。那眼神簡直就像做錯事挨了罵的狗。

04.

就這樣，卯平的屍體被送上運屍車抵達了浦和醫大法醫學教室。

事先接到通知的凱西大概是等不及屍體了，跑到停車場來接。

「Welcome！」

這句歡迎是對古手川他們而發，還是對屍體而發，眞琴連問都不想問。

「光崎教授已經準備好了？」

凱西豎起大拇指作爲回應。只見她樂得像要開派對似的，要是桑野夫婦看到，肯定爆怒。

一將屍體移到擔架上，古手川便打了個徒具形式的招呼。

「那就拜託了。」

「等等！古手川先生。什麼叫那就拜託了，這麼不負責任。」

「我就算進了解剖室也只會礙事。與其去礙事，不如去做我能做的事。」

「都已經晚上九點多了。」

「揪出躲在暗處的歹徒沒有日夜之分。」

留一這句話，便速速開車走了。望著他的車尾燈，凱西感慨良多地低聲說：

「古手川刑警也會聽人話了呢。」

「哪有。他那樣分明就是只做自己會做的事、只負能負得起的責任不是嗎？」

「要別人負起超出承載量的責任是沒有意義的。從一個有四千八百毫升血液的成年男性也只能抽出四千八百毫升的血液。」

「這個比喻好恐怖。」

「我沒有在比喻啊。」

意思是要是古手川沒辦法從縣警本部要到解剖費用，就要叫他去賣血嗎？

將屍體送進解剖室，與凱西一同做好準備，光崎便彷彿算好時間般降臨。

解剖室的氣氛頓時繃緊。明明是個步伐緩慢的小老頭，全身釋放出的威壓卻如同高大的摔角選手。

換上解剖衣的光崎看起來比實際年齡少了十歲。電視上沒有好臉色的光崎也很有味道，但還是比不上一身解剖衣的光崎。

光崎一言不發地掀開屍者的床單。眞琴已經報告過，這次的屍體怎麼看都是一具衰老而死的老人的身體。

「外觀檢查。」

外觀檢查一如其名，是在下刀前測量身高、體重、直腸溫度，甚至營養狀況、頭髮長度的作業。換句話說，便是將現場的檢視官進行的相驗工程原原本本重做一次。有無身體特徵和創傷、皮膚是否有異常變色、是否有不自然的針孔。頭、臉、頸、臂、胸、腹、背、腿、陰部、肛門一一仔細檢查、拍照。

卯平的屍體仍在死後僵直的狀態，除此之外，皮膚只略略多了一些泛紅，沒有太大的變化。仔細檢查也看不出疾病的症狀。

「體表沒有顯著擦傷和創傷。薦骨與腳跟有褥瘡。」

解剖室裡響起光崎語調平淡的聲音。說出的話明明就事論事又是專業用詞，但一從光崎嘴裡發出來，頓時便帶著威嚴的分量。

眞琴認爲，這是因爲充滿自信。他的判斷根植於自己的見識，毫無迷惘。與教堂裡神父所吟誦的每一節聖書同樣堅定不移。

外觀檢查完畢之後，接著便是解剖。

「開始解剖。屍體是九十歲男性，無外傷亦無既往症。手術刀。」

手術刀在手的光崎，又年輕了十歲。眼光變得銳利，指尖一絲顫抖都沒有，動作穩得像機械手臂。

凱西以幾乎是憧憬的眼神緊盯著手術刀刀尖。想一想，凱西之所以大老遠從美國到日本的浦和醫大來投奔光崎，仰慕的不是他本人的人品，而是那絕無僅有的刀功。以愛上歌手的歌聲不惜遠渡重洋的狂熱粉絲來形容，最爲貼切。

光崎的手術刀在屍體身上做了Y字切開，從頸部到下腹部一下子打開了。惡臭從左右大開的內部衝出來。卽使是死後才半天的屍體，便已經開始腐壞了。動物性蛋白質緩慢變質的味道，與各器官和脂肪的臭味混爲一體。不習慣的人卽使戴著口罩，也會反胃想吐，可以說幾乎無一例外。

光崎的手指沒有片刻停頓。開肋骨，讓各器官顯露出來。就眞琴所見，卯平的器官呈現符合實際年齡的萎縮，但沒有看到異常部位。她試著跟隨光崎的視線，但那雙微張的眼睛沒有出現動搖或懷疑。

開始摘出各內臟。被光崎的手切除的內臟陸續交到凱西和眞琴手中。當然要觀察表面上的異常，也要測量重量與正常值做比較。

然而，在持續作業當中，眞琴開始感到不安。

沒有出現任何異常。

既沒有皮下出血，內臟也沒有損傷。凱西查了胃的內容物，似乎也沒有發現疑點。

難道眞的是正常的衰老而死嗎？古手川針對桑野夫婦的威脅和懷疑，眞的完全是揮棒落空嗎？

事情不止是古手川的大放厥詞。進行司法解剖的依據，儘管是謊話，其中卻也包含了眞琴的看法。不，自己被古手川的謊話牽連是沒關係，但眞琴的判斷會被視爲浦和醫大法醫學教室的判斷。在這個情況下，責任會全部落在光崎身上。

怎麼辦？

恐懼即將取不安而代之。這是古手川的莽撞冒失和眞琴的考慮不周所招致的失態。儘管如此，麻煩卻是上司來承擔。就已經給人家添麻煩了，這樣豈不是和害群之馬沒有兩樣？

但光崎還是以一成不變的冷靜觀察著內臟。

「唔。」

鼻音輕輕一響，視線就移到摘出了內臟的肉體。內容物幾乎都已取出的身體，有如一個人形的容器。

「我想看組織。顯微鏡。」

回過神來的眞琴連忙架好顯微鏡，取出一小塊髂腰肌。

光崎朝簡易染色之後的顯微鏡看，有好一陣子一動也不動。因爲戴著口罩，也無法窺見他的表情。

「眞琴醫師，妳來看看。」

應聲去看顯微鏡的眞琴無聲驚呼。

肌肉細胞出現了溶解的現象。

卯平被發現的狀況和當天的天氣立刻從記憶深處復甦。

原來是這麼一回事。

人體細胞因體溫恆定於三十七度左右而保持健康正常的狀態。換言之，當體溫急劇變化，細胞也會產生異變。其中之一便是橫紋肌溶解症。這是構成肌肉的骨骼肌細胞因高熱而溶解，肌肉細胞內的成分流入血液的症狀，因此自體表觀察不出來。

「死因推測為熱傷害。」

光崎的意見令人心服。即使是因熱傷害而亡，人體一旦停止體內生熱，之後便會慢慢趨近外部氣溫，也就無法得知死因是否是急劇的氣溫上升造成的。雖然解剖了，乍看之下內臟也沒有任何異常。

眞琴完全被發現屍體時空調也在運作的說法矇騙了。

「屍體的主人是住在熊谷市吧。今天白天，熊谷市的最高氣溫幾度？」

「超過三十七度。」

「戶外氣溫三十七度。在沒有空調的房間可能會達到四十一度。九十歲的高齡大概一下就撐不住了。」

說得一副自己離高齡還差得遠似的。

「縫合。」

在尚未平復的激動中，眞琴注視著卯平的肚子被仔細縫合。

「原來是中暑啊。」

兩天後的早上，來到法醫學教室的古手川一聽到解剖的結果，便這樣呻吟。

「這樣我就明白了。桑野夫婦在出門的時候，只關掉卯平房間的空調。其他房間一直吹著涼風，所以女兒幾花根本不知道。」

「他們也說，五台空調幾乎都是不會關的。」

「當天的室內氣溫超過四十度。卯平因中暑幾個小時後便死亡。最早回到家的碧將卯平房間的空調開速冷讓屍體冷卻。看屍體冷透了，才報警的。就算屍體流了異常多的汗，他們也有充分的時間更換寢具和睡衣。」

古手川一下結論，便拉了眞琴的手。

「喂，古手川先生。」

「現在馬上跑一趟桑野家。我會先跟對方和本部聯絡，請眞琴醫師當司法解剖的證人。」

看樣子，他是要要求桑野夫婦到案說明。

「要是幾花妹妹在，你打算怎麼圓場？」

「這個我也想拜託眞琴醫師。」

「我昨晚爲了寫報告都沒睡。」

「抱歉。在車上睡吧。」

「爲什麼我要爲了警察克己奉公到這種程度?」

「以後我一定會補償妳的。」

古手川的強人所難不是現在才開始的。一想到以後還要被他牽著鼻子走,眞琴就嘆氣。

「智生有非殺卯平不可的理由。」

古手川握著便衣警車的方向盤,把調查結果說給眞琴聽。

「智生借了不少錢。雖然不知道他往哪裡灑錢,不過他借了好幾家小額信貸,還欠了三百萬左右。」

金額令人意外。

「你是說他爲了還區區三百萬的負債就殺了親生父親?」

「聽說人一被追債就會變得短視近利,做不出是非對錯的判斷。這是聽我們組長說的。」

「可是智生先生是獨生子,卯平先生也衰老得很厲害呀。這樣說不太好,但智生先生遲早會繼承卯平先生名下的土地不是嗎?」

「如果他沒有辦法慢慢等了呢?或許確實遲早會繼承,但換個說法,遲早也不知道是什麼時候，可是借款的償還期限卻是每個月都會準時來的。本來有工作的老婆又中斷了工作，對收入應該更加不安。」

聽他這樣一解釋，眞琴也不得不同意。爲錢所困的人拋下愛情和良心的例子，眞琴自己也看過不少。

「雖然叫作殺人，也只是關掉空調而已。舉手之勞，妳不覺得這方法一點也不傷良心嗎？」

一到桑野家，除了兒子媳婦，就像眞琴擔心的，幾花也在。

「怎麼了嗎？星期天一大早的。」

智生以一臉明顯不歡迎的神情來開門。一想像這張臉在古手川的逼問之後會扭曲成另外一個樣子，眞琴就覺得坐立難安。

「眞琴醫師，能不能請妳去陪孩子？」

眞琴無奈，只好牽著幾花的手走向她房間。

「幾花妹妹，願不願意給姐姐看看妳的房間？」

「好是好……」

看幾花遲疑，眞琴立刻後悔了。幾花房間隔壁就是死去的卯平的房間。

「等等。我們還是在外面說說話吧！」

「可是今天也從早上就很熱耶。」
那就只能站在樓梯下面說話了。
「妳該不會還沒吃早飯？」
「嗯。不過今天媽媽一直在家，所以不用擔心。」
「不用擔心？擔心什麼？」
「媽媽只是晚一點做早餐而已。媽媽她很粗心，有事的時候就常常會忘記。」
「哦。那媽媽忘記做飯的時候怎麼辦？妳自己做嗎？」
「沒有。幾花還小，不可以用菜刀用火。不過只要拿冰箱裡的東西微波一下就好了。」
驀地裡心中浮現一個疑問。
「幾花妹妹，姐姐問妳喔，爺爺死掉的那天早上，媽媽是不是也沒有做飯？」
「嗯。所以我從冷凍庫裡拿蛋包飯出來，想去微波。可是微波爐壞掉了。按了按鈕也沒動。」
「那妳怎麼辦？」
「蛋包飯就一直冰冰的呀。不過因爲沒時間了，我直接放著就出門了。」
突然間靈光一閃。

腦海中思緒奔騰。

這是個令人意想不到的假設。但這樣一切都解釋得通了。

「姐姐可以進幾花的房間嗎？姐姐想看一看。」

「可以呀。」

得到允許，眞琴便走向幾花的房間。說要看，也只是看一個地方。看完，也去了隔壁卯平的房間看。前天還有人在的房間，現在或許是心理因素，覺得冷颼颼的。眞琴在這個房間也看了同樣的東西。

接著下來到一樓，也順便去了智生的書房和夫婦的寢室。這裡也去看了一樣的東西。

最後進餐廳。古手川正在桑野夫婦面前試著說服他們。

「所以趁現在投案，刑責也會比較輕……怎麼了，眞琴醫師？」

眞琴不理他，自顧自確認了餐廳空調和其他房間裝設的是同樣機型後，視線轉向廚房的微波爐。

「妳在幹嘛啊，說啊。」

晚一點再向古手川解釋。眞琴把微波爐往前移，看後面的標示。

沒錯。

「古手川先生，我們弄錯了。」

「妳說什麼？可是司法解剖的結果是中暑啊？」

「是中暑沒錯。可是他們並不是蓄意殺害卯平先生，那可能是意外。」

「請解釋一下。」

「在那之前，太太，請告訴我，你們家和電力公司簽約的安培數是多少？」

「四十安培。」

「果然。」

看著獨自了然的真琴，古手川一點不掩飾他的焦躁。

「說啦，真琴醫師。」

「是保險絲的問題。」

真琴一邊在腦海中整理一邊開始說明。

「桑野家在最高氣溫超過三十度的日子，會用到的房間的空調都是一直開著不關對吧？這屋裡裝的空調都是同一個機型。變頻空調在開冷氣時，會用到五點八安培的電流。若五台同時使用，就是五點八乘以五，二十九安培。距離簽約容量四十安培還綽綽有餘。但是，」

真琴停下來，確定幾花沒有在餐廳附近。

「這時候要是使用微波爐就不行了。這台微波爐的定格是十五安培。加起來就超過四十安培，於是保險絲會跳掉，導致停電。」

古手川似乎也終於明白了。另一邊，桑野夫婦雙雙垂著頭。

「那天早上，發生了同樣的情況。空調在五個房間持續運作。最後離家的幾花妹妹，因爲媽媽忘了做早飯，就用了微波爐。這一用，保險絲因爲超量而停電，但早上並沒有開燈，所以幾花妹妹誤以爲只是微波爐有問題就出門了。空調關掉的室內隨著戶外氣溫上升而急劇升高，卯平先生便不幸中暑了。」

向桑野夫婦詢問完，古手川很規矩地去了法醫學教室，說了整件事的詳情。

「大致就像眞琴醫師推測的那樣。」

古手川半是佩服半是懊惱地開始說。

「桑野碧打開玄關的那一剎那就發現異常，畢竟屋子裡悶著熱氣。她開燈，卻發現停電了，於是她趕緊到卯平的房間去，人早就回天乏術了。看到廚房裡解凍了一半的冷凍食品和跳掉的保險絲，她就全都明白了。然後桑野智生回家。這一帶的住宅本來簽的都是更高的安培數，但桑野家是卯平那一代建的房子，改建之後還是維持四十安培的合約。因爲知道可能會發生用電超量保險絲跳掉的情形，所以桑野家平常都規定家電不可過度使用，可是幾花妹妹完全忘了。夫婦倆爲了讓卯平看起來是衰老而死，忙著掩蓋。要做的也只是把卯平汗濕的睡衣換掉、讓房間的溫度趕快降下來而已，並不難。」

「可是，他們爲什麼要弄得這麼麻煩？就算通報死於中暑也不會有問題呀？」

「這一切都是爲了幾花妹妹。要是她知道自己做的事害死了她最愛的爺爺，只怕她這一輩子會陷在自責裡走不出來。她和爺爺感情很好，情況可能會更嚴重，所以他們才做了這些佈置。他們夫婦說了，爺爺應該也不願意讓幾花痛苦才對。」

古手川哀怨地垂下眼。

「光崎醫師能聽到屍體的聲音不是嗎？可是這次，聽到卯平的聲音的，或許是他的親人。」

「警方打算怎麼處理這個案子？」

「雖然是意外沒錯，但大家都不希望幾花妹妹知道眞相。我們組長和熊谷署的同仁也爲了這個正在頭痛。」

一群老大不小的大人爲了如何面對孩子一起煩惱的樣子，也是挺令人莞爾的。

「話說回來，我實在很佩服眞琴醫師。妳看了現場馬上就發現停電對不對。眞是觀察力驚人啊！」

眞琴不答，故意呵呵一笑。

那才不是什麼觀察力，只是經驗法則。眞琴住的公寓簽的約是二十安培，夏天要是同時開空調、微波爐再加上吹風機，立刻會跳電。她只是想起這件事而已。

但是，眞琴決定不要告訴他。不讓他對自己尊敬一點，會對以後的交往有所影響——一想到這裡，眞琴突然慌了。

以後的交往是什麼鬼啊！

Part 2

異鄉人的聲音

ヒポクラテスの悔恨

01.

熔爐裡火紅的液態鑄鐵注入砂模的那一瞬間，發出了水蒸氣四濺般的嗤嗤聲。溶化的鑄鐵溫度高達一千三百度以上。即使穿著防火作業服，也感覺得到酷烈的熱。

船堀英作透過護目鏡注視著鑄鐵的紅徐徐消失。一旦注入模裡，在其中的鑄鐵完全冷卻之前，作業都不能中斷。澆鑄時熱處理做得好不好，做出來的成品會截然不同。作業服內部早已充滿了令人失神的熱氣，卻不能離開崗位。有些工廠會使用機具來澆鑄，但船堀還是愛用長柄杓。這是一項必須慎重再慎重的作業，只有船堀會用長柄杓。雖然因多年使用與高熱完全變了形，但都用得如此趁手了，這歪斜的形狀反而令他感到安心。

看鑄鐵已經冷卻，便打破砂模取出內容物。破掉的砂模溫度還非常高，徒手去碰保證燙傷。以噴砂清除黏在鐵表面的砂，再以打磨機將粗邊磨平，便完成了。

總算到了休息時間，船堀來到工廠外脫掉作業服。七月上旬，太陽毒辣辣的，但也好過工廠裡面。上半身汗流得像瀑布一樣，但偶爾吹來的風會吹掉一些熱度。

開始這份工作之後，每天都會喝光兩公升裝的礦泉水。即使如此，大概多數都化成汗排出去，體重只減不增。這大概可以叫作鑄鐵減肥法吧。

了。

這樣乘著涼，十分鐘轉眼就過了。休息時間非常寶貴。晚點吃完便當再發呆好

就在這時候。

視線被一個從工廠晃出來的人影吸引。那張摘下了安全帽後的面孔，船堀也認得。那是在同一個廠區工作的越南人，姓胡，在這家工作當技能實習生。

小胡按著肚子，看來神智不太清楚，眼神空虛。腳步踉蹌，一副隨時會昏倒的樣子。看他才走到樹蔭下，就當場軟倒。

船堀不能不管，正要過去的時候，從他後面出來的其他越南人已經早他一步奔向小胡。

雖然是外語，但在職場上每天聽，好歹也聽得懂幾個簡短的單字。那些越南人口口聲聲喊著醒來、振作點，但小胡仍是閉著眼，任憑他們搖晃。

小胡膚色相對白，因此從船堀這裡也看得出他的臉色相當差。晚了一步的船堀也來到小胡這邊。

「還好嗎?」

正在照顧小胡的越南人同時看向船堀。他們的日語日常會話都沒有問題，個個一臉擔心地搖頭。一看之下，小胡的呼吸很淺，一摸身上，明明這麼熱，身體卻是冷

的。船堀還摸了一下脈搏，也很微弱。

即使是醫學大外行，船堀也知道這狀況不尋常。再拖下去會要人命，必須採取急救措施。

其中一個越南人說現在馬上去看醫生。他們知道這家鑄鐵工廠有職醫駐廠。

有一個人站起來往辦公室的方向跑，其他越南人懇求般望著船堀。那眼神在說，他們怕自己的日語不夠好，求他跟過去。

挨不過眾人的懇求，船堀也跟著越南人趕往辦公室。保健室位於辦公室北邊，聽說裡面一般的治療用藥一應俱全。

保健室裡，膳場醫師正在扒便當。

「醫生，小胡不好了。」

膳場醫師嘴裡還塞著食物便朝船堀看，要他把事情說清楚。

「在二區工作的小胡，人不舒服昏倒了。」

船堀盡可能詳細地說明小胡的症狀，膳場醫師用保特瓶裝的茶將含在嘴裡的東西一口氣吞下去。

「請帶路。」

加上膳場醫師，三個人跑向之前那個地方。小胡的狀況變得更差，臉上沒有血色。

「不要動他，讓他躺著。」

膳場醫師爲小胡做了觸診之後，神色當場凝重起來。

「去拿個擔架過來。」

他喊了這一聲，又面向船堀。

「你說他是二區的，你認識？」

「我也只是同區，不是特別熟。」

「他是不是以前就身體不舒服？有沒有過什麼徵兆？他現在已經出現黃疸，很可能是肝臟有問題。」

「這，我跟他也不熟啊。」

膳場醫師似乎有些無措。也難怪。在鑄鐵工廠發生的意外和傷病，最多的是燒燙傷，第二多的是熱傷害，沒有三、四，第五是受傷。船堀也是頭一次看到因內臟疾病而倒下的例子。

膳場醫師似乎是以單字的越南話向小胡的同胞同事問了同樣的問題。看來他們也都不知情，個個搖頭。

不久小胡便被人放在擔架上送到保健室，接著送往最近的急救醫院。身爲同區的作業員，船堀不能裝作不知情，去向現場負責人伏本報告，伏本一聽便一臉提不起勁來的樣子。

「緊急送醫啊。這種時候一般要不就等他好起來，要不就叫親人來，可是他是越南人啊。」

言下之意，是要抱怨技能實習生難搞。

當技能實習生發生意外，企業有義務向監理團體報告。報告的件數與內容，極可能直接被視爲企業體質，若過勞和受傷的報告多，就會被法務省和厚生勞動省盯上。

「這事你不要告訴別人，」伏本壓低聲音說，

「他們要是死在上班時間，公司當然會出慰問金，不過JITCO（公益財團法人國際研修協力機構）的慰問金也會加倍給付。這樣說很不厚道，但這對他們國內的家屬是一筆大紅利。」

還眞的很不厚道。

後來船堀輾轉聽說，送急救的小胡在抵達醫院前就在救護車上被判定死亡了。在醫院裡照了CT，發現有肝癌和腹腔出血，死因被診斷爲肝癌破裂。

聽說小胡死了，越南人都很吃驚，而且悲傷。死因爲肝癌固然令人意外，但對於客死異鄉的同胞想必也有物傷其類的感慨吧。那一整天，他們都很沉默。

但有一件事還是讓船堀掛在心上。小胡的屍體一度歸還給公司，但後續就再沒聽說了。當然是要送回故鄉，但要採取什麼手續火化，又要怎麼運送呢？

船堀從那群垂頭喪氣的人中找了一個人來問。他以隻字片語的日語這樣回反問：

「在日本，屍體，用燒的？」

「燒……哦，你是說火葬嗎？嗯，日本全部都是火葬。」

「越南，會埋在土裡。」

「現在也是嗎？」

「胡志明和河內，火葬很多。選火葬有錢拿。可是，那是大城市，鄉下都是用埋的。小胡家也是鄉下，應該不會燒。」

「那，要把遺體直接空運回去嗎？不可能吧。」

「我也不知道。只是，我想，燒掉，小胡的家人會很傷心。」

＊＊＊

「呀。一個人嗎，眞琴醫師？」

一進教室，古手川便隨意搭話。

「我說呢，古手川先生。就算你是警察，這裡是大學校內，你一個外來的人，能不能稍微客氣一點？」

「別這樣嘛。就算是警官，這半個多月也都是爲了光崎醫師到處跑啊。」

被他這麼一說，眞琴就不好反駁了。古手川等縣警衆人因爲光崎正進行密切調查是無可置疑的事實。

『接下來我會殺一個人，就一個。用看起來絕對只會是自然死亡的方式。但，屍體會說它是被殺的吧？要是能聽得到它的聲音，就聽聽看吧！』

電視台官方網站上的這麼一則留言，雖然也有人認定只是惡作劇，但因過去有過「修正者」的例子，縣警搜查一課也不能坐視不理。

「爲什麼埼玉縣每次都遇到這種倒楣事啊？」

眞琴有點自暴自棄地說，古手川聽了卻一臉不解地面向她。

「爲什麼，當然是有原因的啊。埼玉縣有浦和醫大，浦和醫大有光崎醫師。我們是已經看慣了，可是在電視上看到光崎醫師的人當中，就會有人反感，覺得這人算哪根蔥。如果犯人正好企圖犯下現在流行的劇場型犯罪，光崎醫師就是頭一個會被當作標的的類型。」

「光崎教授明明是受害的一方，這種說法卻好像是他有錯。」

「我說呢，雖然實際上妳說的沒錯，但說光崎醫師是受害者，妳不覺得怪怪的嗎？」

眞琴無話可答。就近看著無論在校內校外都將唯我獨尊貫徹到底的光崎，的確絲毫都感覺不到受害者的悲壯和令人同情的樣子。

「第二個原因是，哎，這說起來很丟臉，就是埼玉縣警的破案率和警視廳比起來很低。站在犯人的立場，當然是在破案率低的地方作惡比較安全啊。」

「而且埼玉縣和東京不同，沒有監察醫制度。」

「就別說這些了吧。再說下去，會越來越沒幹勁。」

古手川的嘴撇成ㄟ字型這樣建議。眞琴也只能表示贊成。光崎的存在也好，破案率低也好，監察醫制度也好，全都不是眞琴和古手川奮鬥就能改變的。他們兩人能做的，就只有默默將丟到眼前的案子一一解決。

「我今天來打擾，是因爲有個讓我有點在意的案子。」

古手川遞過來的是一份死亡證明的影本。右上角的編號是古手川編的。自從帝都電視台的官方網站出現可疑留言的那一天起，縣內發生的每一起自然死亡古手川都看過。向各醫療院所調來死亡證明的影本，光是了解其中的處理和內容幾乎就要花上半天。遇到在意的案子，就像這樣拿到法醫學教室來。

眞琴看了他遞過來的死亡證明。

姓名是胡文順，七月六日死於川口市的急救醫院。直接死因記載爲肝癌破裂，但未經解剖，是以該醫院的ＣＴ檢查判定。

仔細看過其他項目，並沒有發現其他矛盾或疏漏之處。報告書類切忌囫圇吞棗，是眞琴來到法醫學教室之後學到的教訓，但身爲刑警的古手川對死亡證明和驗屍報告的疑心病應該不至於像眞琴那麼嚴重。

「這份死亡證明到底哪裡讓你在意？」

日期──古手川答道。

「在醫院死亡是六日。但過了兩天市公所卻還是沒有發火葬許可。」

只要提出死亡證明向火葬場預約，市公所應該就會立刻發下火葬許可才對。

「往生的是外國人吧。會不會是因爲宗教問題無法火葬？」

「就算是好了，現在可是熱得要命的七月欸。這種大熱天，屍體放上一天會是什麼樣子，不用我說眞琴醫師應該最清楚。」

猛烈的腐臭味立刻在鼻黏膜上復甦。感覺優先於理智，記憶驅逐推測。

「那的確很怪。」

「保存屍體也要花錢。我去問過死者胡文順的工作單位了。他是『熊田鑄物』這家公司的技能實習生，從越南來的。但我不相信『熊田鑄物』會好心提供那種福利。」
「也就是說，那家公司有什麼前科讓人不指望他們好心？」
「犀利啊，眞琴醫師。『熊田鑄物』過去發生過好幾次勞災死亡，目前正受到勞動基準監督署的指導。我不相信這種公司會爲了一個外籍勞工出保存屍體的錢。」
這個道理眞琴也能理解。對活著的勞工無情的公司怎麼可能尊重死者。
「這是你在意的依據？我覺得要懷疑殺人這個理由有點弱。」
「這我不否認。可是把疑點一一查明是辦案的基本。」
就古手川而言，這可是正經話。多半是向上司學舌的，但眞琴從光崎和凱西的話中獲益良多，反倒認爲完全不會現學現賣的人說的話不可盡信。
「這份死亡證明本身看不出任何疑點，可是你還是要問我的意見？」
「反正妳又不是百分之百相信死亡證明。」
「……你這說法讓人聽了有點火大。」
「因爲被我說中了啊。」
一時之間眞琴好想打他，但不願意被人家說果然說中了吧，便收起了拳頭。
由古手川開車前往川口市的「熊田鑄物」。即使待在有冷氣的車裡，從柏油路升起的熱浪還是看得到外面的熱氣。

「熊谷熱得要命，但川口也沒好到哪裡去。」

是啊——眞琴邊答邊想像胡文順的屍體的保存狀態。最便宜的方法是請醫院的太平間保管，但醫院在發出死亡證明的那一刻，便不會浪費病床，通常會將患者送走。個人要保存，第一個會想到的便是以乾冰冷藏，但這需要地方也很費事。一想到胡文順的屍體到底處於什麼狀況，眞琴就只有不好的預感。

來到目的地「熊田鑄物」的辦公室，古手川一出示警察手冊，櫃檯女子便大驚失色。

「這次已經跳過勞動基準監督署，直接由警方來了？」

「不，我們來不是爲了貴公司的勞動條件，是關於前幾天亡故的胡先生。」

女職員的狼狽相雖穩了下來，但最初的反應太明顯。只是刑警來訪便如此驚慌，讓人不想懷疑都不行。

最先被介紹給他們兩人的是職醫，一位姓膳場的醫師。

「這是一個罕見的例子。」

膳場醫師在古手川他們面前語帶辯解地說。

「因爲是這樣的職場，身體不舒服找來的有三分之一是熱傷害，三分之一是溶解作業中的燒燙傷，其餘的三分之一是受傷，肝癌還是頭一次遇見。」

言下之意，是常見病例他能夠應對，但肝癌則無從處置。環顧保健室，的確沒有能夠救治內臟疾病的設備，但這也太像找藉口了。因爲面對古手川這個警察，他顯然是在規避責任。

「胡文順的屍體還沒火化是嗎？」

「他們故鄉好像都是土葬。所以他的同事正在和公司交涉，看能不能設法把遺體送回祖國。」

「現在屍體保管在哪裡？」

結果膳場醫師說是休息室。

「這個職場到處都熱氣騰騰，只有那裡一整天開著冷氣。那些熱心的越南人把遺體搬到那裡。」

「可是，休息室應該不是技能實習生專用的吧？」

「是啊，因爲只有一間，日本員工當然也會用。」

「把屍體放在那裡沒有人反對嗎？」

「有啊。」

語氣顯得不勝厭煩。

「濫用休息室的越南人和公司這邊就吵起來了。雙方各執一詞，正在頭痛。」

「能讓我們看看休息室嗎？」

兩人在膳場醫師的帶領下前往休息室。休息室緊鄰作業棟，但從辦公棟移動到作業棟的瞬間，作業場的熱氣便透過牆壁傳過來。當然走廊上也有空調，但因熱氣猛烈，沒有什麼作用。難怪身體不舒服來找醫生的多半是熱傷害。

休息室入口有兩個越南人守著。膳場醫師一介紹「這是警方的人」，那兩人臉上便閃過畏怯之色。

「醫生，能不能請你說明一下，我們並不是來逮捕人的？」

膳場醫師應該多少會一些越南話吧。只見他說了幾個詞，他們在片刻猶豫之後便從門前離開。

「眞琴醫師幫忙看一下屍體的狀態。」

用不著古手川說，自己就是爲了這件事被帶來的。

一開門，冷空氣就立刻裹住身體。五坪左右的空間裡有整排置物櫃，看得出這裡是休息室兼置物室。

屍體被安置於房間中央。蓋著床單，四面豎著乾冰柱。氣化後的乾冰變成白色的煙霧在地板上飄動。

「再怎麼涼快，也不會想在這裡休息吧。」

古手川的意見很正常，但眞琴不理，掀起床單。

有冷氣的密室加乾冰。外行人能想到這些已經是很不錯了，但要防止屍體腐敗還是有限度。通常死後僵直夏天要兩天、冬天要四天才會進入緩解期，但胡文順的屍體已經開始解除僵直。因長期呈仰臥姿勢，屍斑集中於背面那一側。眼球也已白濁。

爲求仔細，眞琴觀察了體表。沒有明顯外傷，也沒有舊傷之類。他被送去的急救醫院診斷死因爲肝癌破裂，這一點也很合理。肝臟被稱爲沉默的器官，即使有變異也幾乎沒有自覺症狀。癌變在本人不知情之下成長，因某種原因破裂後總算感到腹痛，但這時已然回天乏術——看過CT成像的醫師做出的判斷也很合理。

然而，不幸的是，眞琴是浦和醫大法醫學教室的人。在光崎底下學習的人所受的訓練，是不要輕易相信他人的診斷、風評以及傳聞之流。

「如何，眞琴醫師？」

「不管你怎麼問，沒有解剖我什麼都不能說。」

「我就知道妳會這麼說。」

古手川滿意地點點頭。這個人的上司似乎也和光崎一樣有著不相信他人的缺點，所以他也被灌輸了與眞琴相似的信念。

「可是古手川先生，他的親人遠在越南。要解剖的話，必須聯繫他的親人。」

「這可能很難。」

膳場醫師從旁插話。

「如果是司法解剖或行政解剖就算了，要私人負擔費用的承諾解剖②八成是不可能的。」

「爲什麼？」

眞琴問起原因，膳場醫師一臉消沉。

「會把一家最會賺錢的人送到國外的家庭，有沒有能力籌出解剖費用是個問題。不知算幸還是不幸，據說胡文順生長的地方至今仍採土葬。他們想要的，應該是直接把遺體送還吧。」

怎麼辦？——眞琴以視線問古手川。這個人雖然遲鈍又不懂變通，但應該看得懂這個眼神才對。

果然，古手川面向膳場醫師說了：

「我想詢問一下那些同事，可以麻煩您翻譯嗎？」

「詢問，意思是要搜查了？」

膳場醫師並沒有出現凝重的神情，而是伸食指按住額頭。

「技能實習生當中也有日語很不錯的越南人。找他來翻譯應該更快。越南話我也只會幾個單字。」

他的支吾其詞，將他不願與這件事扯上關係的心情表露無遺。

「眞琴醫師，瞪得太凶了。」

被古手川一提醒眞琴才發現，自己並沒有意識到，但好像眞的是以那種眼神看人。

膳場醫師慚愧地開始辯解：

「兩位也知道，所謂的職醫其實也有一半像約聘。而且即使可以針對健康管理和衛生管理提出建議，卻不能診斷、開處方。只不過這裡熱傷害和燒燙傷意外非常多，平常多準備些常備藥和貼布就是了。所以我不能積極介入員工的傷病，也沒有立場批評現場的勞動環境。」

---

❷ 司法解剖是刑事辦案上為查明非自然死亡的死因而進行的解剖；行政解剖是為了提升公共衛生，查明可能因傳染病、中毒、災害等不明死因所進行的解剖；承諾解剖則是經家屬同意為查明死因所進行的解剖。

「所以連翻譯也叫我們找員工嗎？」
「希望你們不要誤會……不，也不算誤會吧。我也是不滿『熊田鑄物』對技能實習生的態度，天天就近看著感受就更深。可是在立場上，我又不能大聲宣揚。所以我才介紹最好的翻譯給你們。我知道這不能當作免罪符，但我能夠爲死去的胡文順做的，就是這麼多了。」
一面跟在膳場醫師後面走出休息室，眞琴一面對古手川小聲說：
「詢問是沒關係，可是最關鍵的解剖呢？從目前所處的狀況來看，司法解剖和承諾解剖都不能指望呀。」
「總會有辦法的。」
「你這也太隨便了。」
「如果有明顯的疑點或證據，當然會按照相應的程序來做。現在還不到那個階段，就只能去問話了。」
「你是說你有一些不明確的疑點？」
「眞琴醫師也察覺到了吧？」
古手川把聲音壓得更低。
「這家公司邪氣重得很。想挑毛病不怕沒得挑。」

02.

膳場醫師替他們介紹的，是和胡文順在同一區工作的一個技能實習生。

「我姓阮。」

他是身高絕對超過一八〇的大高個兒，日語也很流利。古手川請他利用休息時間，找了四個越南人到作業棟外面，請他翻譯他們的證詞。

「警方認爲小胡是被殺的嗎？」

「意外和人爲都有可能。還請幾位多幫忙。」

或許是怕說話不清楚一點對方會聽不懂，古手川說話有了平常沒有的小心翼翼。一個對職位比他高的檢視官都口無遮攔的人，莫名規矩起來，讓眞琴很意外。

「首先，胡先生是個什麼樣的人？」

「他是一個很善良的人。他從不說別人的壞話，看到同伴有困難，一定會幫忙。在這裡工作的人，不會寫字的人雖然不多，可是他們要寫信回家的時候，小胡都會幫忙。他個性很溫和，挨打也不還手。」

「不是個會跟人結仇的人？」

「是的。跟越南人都處得很好。」

「以前他曾經說過身體不對勁嗎？」

「沒有。我和他一直在同一個地方工作，只有那天看到他身體不舒服。」

「我聽說他是午休的時候昏倒的，在那前後有沒有和平常不一樣的地方？」

古手川這樣一問，阮姓員工便以越南話問其他四人，然後整理他們的證詞。其中一人難過地開始說話，阮姓員工的臉色就變了。

「他說那天早上，他看到小胡被人圍住了。」

「被誰圍住了？」

「中國的技能實習生。」

古手川不明白原由，進一步追問才總算明白了狀況。

「熊田鑄物」的作業場依工作類別分爲四個工區。其中二區以越南人佔大多數，三區是中國人、四區菲律賓人，每一區盡可能都安排同一國人。這是考慮到工作現場危險如影隨形，必須有順暢的溝通。然而，這個方針卻出現了意想不到的反作用。因爲將同一國人聚集在一起，便產生了類似民族對立的問題。

所謂的民族對立卻不是宗教或思想上的不和，在職場上會出問題的，通常是勞動問題。而在這裡，便是薪資差距。

「既然同樣都是技能實習生，薪資不是都一樣嗎？」

「其他公司我不知道，但在『熊田鑄物』，不同國籍給的薪水是不一樣的。」

據阮姓員工的說明，最高的是日本人，其次是越南人，再其次是中國人和菲律賓人。乍看之下有歧視之嫌的薪資差距，原因在於勤奮程度和良品率。換句話說，工作時間比公司規定更長、而且製品瑕玼最少的工區獲得的評價最高。

「超過規定的工作時間，當然會給加班費吧？」

「加班十小時會有二千圓的津貼。」

「好少。」

古手川不由自主地脫口而出。眞琴也有同感。時薪二百圓，豈不是形同免費勞動？

「中國實習生不滿意。說他們不願意拿那麼一點錢工作那麼長的時間。結果公司就減少中國實習生的人數，增加了越南實習生。」

增加低薪又願意長時間工作的員工，公司才樂得輕鬆。何況近來中國本土的薪資暴漲，與日本人相差無幾。中國實習生不滿加班費太低，或許也在情理之中。

「因爲這樣中國實習生的人數被砍，他們很生氣。而把二區的越南人統合起來的就是小胡，所以他們很恨他。」

剛才說同胞都不討厭胡文順的原因就在這裡嗎？

旁聽的眞琴心情爲之黯然。因公司的私心而使技能實習生之間產生摩擦。明明實質上是壓榨他們的勞力，憤怒的矛頭卻不是指向公司。她不禁聯想到上世紀的勞動爭議，但反過來想想，也許「熊田鑄物」的經營方式依然留在上個世紀。

無論如何，胡文順無故遭人怨恨是不能忽視的證詞。這和他肝癌破裂是否有某種因果關係？近年的研究也發現壓力可能影響肝功能。

這時，一個身穿作業服的男子從眞琴他們面前經過，阮姓員工開口叫了一聲。

「哦，船堀先生。」

被喊了的男子訝異地往這邊看。和越南技能實習生在一起的，是一個怎麼看都像刑警的男子，以及一個白衣女子。這樣的組合的確奇特，所以不能一味怪船堀的視線失禮。

「這些人是幹嘛的？」船堀問。

一說明古手川是針對胡文順的死亡來詢問的，船堀的態度便截然不同。

「小胡的死有什麼疑點嗎？」

「不管是意外還是自殺，都要先確認有無犯罪嫌疑。」

船堀一副理解古手川的說明似的，點頭表示同意。

「公司的事情船堀先生比較清楚。因爲他在二區待得最久。」

其他越南人點點頭。有些事肯定是技能實習生這個立場不能說的。古手川的視線在雙方之間來回之後，將詢問的對象切換爲船堀。

「『熊田鑄物』給員工的條件視國籍不同而不同，這是眞的嗎？」

「這是在調查小胡的死，和公司的勞動條件無關吧？」

「有所謂的背景條件。可以請你協助調查嗎？」

「可是，小胡是因爲病情惡化死的吧？」

「也可能是人爲因素導致惡化。警方不能忽視。」

這時候，古手川發揮了他平常的強勢。

「當民衆不配合，一些不必懷疑的我們也會忍不住懷疑。」

「我的立場不方便說公司什麼。」

「就剛才一路詢問下來，這裡好像是挺黑心的公司。說一、兩句不利於公司的話，也沒辦法證明是你說的啦。」

「所以你們會對情報來源保密是吧？」

「我們不會漠視協助辦案的人的。」

於是船堀短短嘆了口氣。這就表示答應了。

「這裡的勞動條件視技能實習生的國籍而有所不同，是眞的嗎？」

「這我不否認。公司方面也是有一些別的用意。」

「什麼用意？」

「說起來，算是小規模的民族對立吧。我是沒有親耳聽上面的人說過，不過好像是煽動外國人的對立，競爭心態會提升工作效率。」

「貴公司是眞心這麼想的嗎？」

「我都說了，我不是直接聽到的。只是，從公司的作法看來，這是唯一的可能。良率都直接把數字貼出來了，成績好的工區薪水會累加。不過也就一千、二千吧。反正有些實習生的國家的匯率，差一千兩千就差很多了。」

「技能實習生之間實際上好像也眞的有爭執喔。聽說胡先生因此而被中國實習生敵視？」

「這我也不否認。本來，中國本土的薪資就節節上升，來日本賺錢的優勢漸漸消失，公司也正在縮減中國人的名額。可是以技能實習生身分來的人當中，有些是在本土沒辦法找到正經工作的。這些人會對這裡的勞動條件差異有所不滿，也在情理之中。」

「胡先生昏倒那天，好像被一群中國實習生包圍過。」

「這我也不知道。不過，不是不可能。」

古手川轉頭看眞琴。臉上寫著決定好下一個要找誰詢問了。

不知是來到異國他鄉思念祖國母語是當然，還是公司刻意安排的結果，三區的中國實習生果然也聚在一起休息。

據阮姓員工說，公司裡沒有中文好的日本人，也沒有日文好的中國人。只不過日常會話程度的話，實習生都還能應付，所以古手川便試著在沒有翻譯的情況下詢問。

「七月六日，技能實習生胡文順在作業棟外面昏倒了。那天早上，有人看到你們有人包圍住他。」

一提到胡文順的名字，好幾個中國人便毫不掩飾地皺眉。

「你們圍住阮文順做了什麼？」

所有人都默不作聲，古手川便走近當中個子最高、看起來力氣也大的男子。眞琴心想幹嘛偏偏選那樣一個人，但她還來不及問古手川就開口了。

「貴國的人民警察是不是很兇？聽說因爲不是民主警察，出手往往很粗暴。但是日本警察也沒那麼君子，尤其是當一群人包圍、恐嚇一個落單的人，對那些以多欺少的人特別不客氣。」

就算日文不好，好像也聽得懂古手川在放狠話。那群中國人一副害怕的樣子。

「好了，說吧。到底是哪幾個威脅了胡文順？」

「沒有威脅。」

被逼問的那個高個子中國人這樣回答。

「幾個人圍住一個人，就是威脅了。胡文順這麼礙你們的眼？」

「我們，是想跟他交涉。」

「交涉什麼？」

「叫他，不要太拚。」

其他中國人表示同意般紛紛點頭。

「胡文順他們拚命幹活，會讓我們沒地方可去。然後，他們拿到的錢只有一點點。誰都不開心。所以，我們叫他不要拚。」

「警告他而已嗎？沒動手動腳？」

「我們才不會。」

在職場上能問的大概就這麼多了。古手川掃過所有人的臉，留下一句「我會再來」就離開了。很稱職地站在旁邊當旁觀者的眞琴也立刻跟上去。

「我可以問問題嗎？」

「請說。」

「爲什麼偏偏找上看起來最難纏的？」

「擒賊先擒王。」

「什麼啊？」

「因爲我認爲他是那個團體的頭頭。在頭頭面前，每個人嘴巴都很緊。一開始制住了頭頭，大多數的人就不會想再抵抗。」

「眞令人無言。簡直是不良少年的邏輯。」

「我就是那個時候學會的，也算是雖不中亦不遠矣。不過啊，不管是對付不良少年還是大人，這都是很有效的手段哦。」

聽他這麼說，眞琴也試著套用在自己身上。當浦和醫大受到威脅時，自己到底能抵抗到什麼地步？她敢說自己會抵抗，是因爲背後有凱西和光崎。假使光崎屈服了，恐怕眞琴也不敢反抗到底。雖然不甘心，但古手川的道理沒錯。

眞琴發了火，便握拳給了他側腹一下。

「痛欸。眞琴醫師，妳怎麼突然打人？」

「既然你是個習慣暴力的刑警，這樣應該不算什麼吧！」

大致都問完了，他們便回到保健室，只見膳場醫師正在等他們。

「剛才公司下了指示。說要儘快把小胡火化。原因非常正當，是不得違規佔據休息室，以及防止感染。」

古手川與眞琴對望一眼，然後問膳場醫師：

「可是膳場醫師，費用怎麼辦？還是由『熊田鑄鐵』負擔？」

「聽說要叫胡文順自己付。」

「他有這麼多存款嗎？」

「技能實習生因故死亡時，JITCO會支付身故慰問金。聽說是要從中扣掉火化和空運的費用。」

如此不盡人情的對待令兩人雙雙無言。

雖然很想大罵這什麼沒良心的爛公司，但當前還有別的顧慮。第一個問題便是，胡文順的屍體馬上就要送去火化了。

膳場醫師——古手川說著往他靠近，

「請設法把火化拖一拖。」

「這實在……」

「我會安排送司法解剖。我留名片給你，要是擋不住了請跟我聯絡。」

話才說完，古手川便衝出保健室。眞琴也只能被拖在後面般追上去。

「古手川先生，你到底要做什麼？放那種大絕。」

「在那種情況下不那麼說就說服不了膳場醫師。」

「那，你的老毛病又犯了？」

「什麼老毛病。這也在我的計算之內。」

古手川邊走向車子邊說。

「眞琴醫師應該知道新法解剖吧？」

新法解剖是自二〇一三年起實施的新形式解剖。基於正式名稱爲《警察等處理屍體之死因或身分調查等相關法律》的法條，無法送行政解剖及承諾解剖的屍體，換句話說即使是無法得到家人同意解剖的屍體，警察署長都有權限執行解剖。

「可是古手川先生，依照新法解剖，這次必須得到川口署署長的同意呀！」

即使如此，古手川也毫無怯色。

「會有辦法的。總之，那家公司太可疑了。讓人不得不懷疑他們突然趕著火化是不是有什麼別的理由。」

他本人大概自以爲這是解釋，但一點都不合邏輯。眞琴暗嘆這下又要陪著這人莽撞蠻幹，一邊坐進車子的副駕駛座。

03.

到了川口署，古手川扯也似地帶著眞琴前往刑事課。主管刑事課的課長須田，一聽古手川說了「熊田鑄物」的事，便毫不掩飾地皺起眉頭。

「你就爲了這種事特地跑來見我？」

「這種事？」

「那是家黑心公司，屢屢發生問題，這不用你說我也知道。但是，因爲這樣就認爲技能實習生之間發生殺人案，就實在是穿鑿附會了。」

「可是，眞的死了一個姓胡的越南人啊！」

「醫院那邊開的死亡證明沒有疑點吧！就你所說的，相驗之後也沒有發現明顯的異常不是嗎？你到底懷疑什麼？」

「可是……」

「相驗屍體的是那邊那位助教是吧？」

突然被點名，眞琴趕緊端正姿勢。

「胡文順的屍體與死亡證明有很大的出入嗎？」

被問到有沒有，眞琴只能回答沒有。

「既然連法醫學教室的助教都沒發現異常，你憑什麼認為有犯罪嫌疑？」
「光憑體表和死亡證明就認定死因是很危險的。」
「換句話說，你就是不相信開死亡證明的醫師。是不是受到光崎醫師薰陶的，每個人都會變成這樣？」
須田顯然就是在諷刺，但苦就苦在眞琴不敢說他說的不對。儘管眞琴沒有任何瞧不起其他醫師的意思，但看著光崎手術之精妙與見識，也不能怪跟著他的人對醫療技術的標準三級跳。
「每個埼玉縣警在籍的警察都知道光崎醫師的大名和成績。但是，就算是同一個法醫學教室的助教，光憑妳的直覺和經驗要認定事件有疑點，就未免強人所難了。」
這句話，實在很傷自尊。
眞琴深知自己的不足和光崎的偉大，也知道自己的自尊根本微不足道。但是，被一個頭一次見面的人當面這麼說，打擊不可謂不大。
這時候，是古手川上前。
「恕我直言……由眞……由栂野醫師相驗判定非自然死亡的案例也不少。我可以為她的直覺和經驗做保證。」
「可是啊，你拿回來唯一一份像樣的證詞，就只有胡文順當天被中國人包圍的事實而已。我不知道這位助教有多少經驗，但死者被送去的醫院透過ＣＴ檢查認定是肝癌和腹腔出血，而依照工廠的人目擊證詞，胡文順昏倒時的狀況視為肝癌破裂也很合理。難不成你要說這位助教的看法比ＣＴ檢查更精密正確嗎？」

須田一股腦兒地說。簡直像在罵自己的不成熟，眞琴非常惶恐。

但，該說的她還是要說。

「ＣＴ檢查的確很精確，有時候不經解剖也能判定死因。但是，有時也存在ＣＴ照不出來的病灶，不解剖不能確定。而且，執刀的不是我，是光崎教授。」

因爲說的不是自己，所以眞琴敢說得抬頭挺胸。

「我敢說光崎教授的眼光和技術凌駕於ＣＴ之上。」

在一旁看的古手川拍手喊聲「喲！」。

但須田卻更添一層懷疑。

「可是無論誰執刀，新法解剖的費用都是算在縣警本部頭上。要是解剖的結果沒有犯罪嫌疑，誰要爲費用負責？」

眞琴無從回答。在解剖預算執行方面，眞琴是外人，什麼話都不能說。古手川也一樣。他屬於搜查辦案方面，而非經營管理，在縣警裡可不是負責預算執行的。被問到費用，也難怪無話可回。

頭一個問題就是錢這個最淺顯的現實，讓人好想嘆氣。所有屍體都付諸解剖的理想，在預算不足的現實之前終歸是畫大餅。

「何況，這話不能大聲說，但終究是外國人之間的爭端。退一百步來說，就算胡文順之死不是單純的病死，爲了讓外國人死得瞑目、揭發外國人的犯罪，縣警本部都必須要花預算花心力。雖然說不上吃虧，但難道你們不想以保護日本國民的生命財產爲優先嗎？」

須田尋求同意般直盯著古手川看。

眞琴瞬間忘記自尊受傷的事。心想，這是什麼話！須田的言語是明晃晃的種族歧視。就算有再多預算和國籍問題，眞琴都無法接受。

而且眞琴也很了解古手川的脾氣。他率性而爲，沒有老成奸猾，但懂得受難者的傷痛。不以膚色和語言的不同來看人。

果不其然，古手川的臉色變了。那是眞琴前所未見的危險神色。須田似乎也同樣感覺到危險，在古手川正面微微有所戒備。

「你有什麼話說？」

眞琴在內心吼著不要再挑釁了。他怎麼就不明白這句話就是給導火線點火的行爲呢？

單單爲了解剖就吵不完了，不要再增加別的問題。

古手川往前一大步，眞琴反射性地抓住他的西裝外套下襬。

然而古手川採取了令人意想不到的行動。才看他正面盯著須田，他就將雙手負在身後。

「責任縣警本部可以擔。」

「哦，那我這邊就沒問題。」

他說這是什麼話？以他的立場，他一個人根本做不了這種決定。

「須田課長，您還記得十多年前，愛知縣發生的新弟子凌遲致死案嗎？」

眞琴因突如其來的話題而混亂，須田卻很冷靜。

「當然。時津風部屋練習中的新弟子被師兄打死的案子對吧。媒體報得很大，就算不是警界的人也記得。」

「當初，將新弟子送急救的消防本部明明向巡迴賽當地的轄區警署聯絡，說有非意外死亡的嫌疑，卻因爲醫院的醫師診斷爲急性心臟衰竭，警署便發表死因爲缺血性心臟病。然而當父母懷疑死因，委託新潟大學醫學部進行承諾解剖，發現全身都有遭受挨打的痕跡。事情急轉直下，經愛知縣警詢問，親方以下的師兄承認集體施暴。結果，法院判施暴的師兄們有罪但緩刑，親方則是處以五年徒刑。」

「你不必囉哩囉嗦說明……」

「我剛說的是加害者的下場。但是，最先接到消防本部的聯絡，卻因缺血性心臟病而判斷沒有犯罪嫌疑的轄區警署也無法全身而退，受到社會與媒體譴責，我聽說負責該案的有好幾個人受到懲處。」

說到這裡，在旁邊聽的眞琴也能理解古手川的言外之意了。

「……你是想說，胡文順的案子和時津風部屋一樣嗎？」

「等到縣警執行新法解剖而有所發現的時候，但願以單純病死處理的川口署不會遭到類似的非議。」

「你威脅我？」

「豈敢。是忠告。」

「古手川，是吧？你的上司是誰？我要去勸他你有再教育的必要。」

「是渡瀨警部。」

須田一臉吃到難吃的東西的樣子。看來，古手川的上司在川口署也是惡名昭彰。

「你會來也是渡瀨警部指使的？」

「那畢竟是個很會奴役屬下的上司啊。」

須田似乎連看到古手川的臉都不愉快，轉而面向眞琴。

「栂野醫師，是吧？胡文順的死因眞的有疑點嗎？只要進行新法解剖，眞的就能找到新的證據？」

雖然形同被逼問，但眞琴早就決定好自己該說什麼了。

「就算我的看法有錯，解剖也能證明川口署的判斷是正確的。光是這樣，也超過新法解剖一具屍體的價值了吧？」

在旁邊聽的古手川露出幹得好的表情。

眞是一點都不知道別人的心情。

當下，須田猶豫了半晌。直接答應古手川與眞琴的要求他心裡不痛快，但心裡想必是在衡量若有萬一，川口署以及自己將承擔的代價吧？

「我無法馬上答應。」

最後他擠出了這麼一句話：

「無論如何，新法解剖與否是署長的權限。不該由我來回答。」

我這就上報給署長——須田留下這句話離開後，古手川立刻對眞琴說：「很厲害嘛，眞琴醫師。」

「古手川先生，你得意什麼？眞是，信口開河。」

「妳是說明明沒有權限，卻把本部的新法解剖搬出來嗎？還是指拿過去的案子來威脅須田課長？」

「兩者皆是。到底要有什麼個性，才說得出那種話？」

「不是個性。眞琴醫師也知道的吧？」

古手川一副明知故問的語氣。

「這種談判技巧其實是組長的拿手好戲。跟在他身邊看著自然就學會了。這跟眞琴醫師師事光崎醫師臉皮就變厚是一樣的。」

「臉皮變厚？」

「不是嗎？妳面對警署的刑事課長也一步都沒退讓。還說光崎教授的眼光和技術凌駕於ＣＴ之上。那神勇的英姿，我都想上傳到ＩＧ上了。」

眞琴好想海扁他一頓。

「跟『熊田鑄物』的中國技能實習生問話的時候，你說過擒賊要擒王不是嗎？」

「是啊，我是說過。」

「那爲什麼這次找的是刑事課長？川口署的王不是署長嗎？而且我認爲直接找署長談判才更有效率。」

「像這次的狀況，直接找署長談判反而會造成反效果。」

古手川得意洋洋地解釋。活像個以暴力爲傲的不良少年。

「我畢竟是個低階刑警，對方可是有厚厚的面子。那麼一點威脅他是絕對不會屈服的。不過，如果是中間管理階層，滿腦子都是明哲保身，一定會想辦法不讓自己成爲衆矢之的。署長那邊，既然是刑事課長的提議，也不能不積極考慮。」

「你在一些奇怪的地方倒是條理分明。古手川先生，你從以前行事作風就是那樣嗎？」

「沒有啊，剛才那些都是跟組長現學現賣的。那個人在堅持採用自己的辦案方針的時候，時不時就會用這一手。」

大約過了三十分鐘，古手川懷裡傳出來電鈴聲。看了來電者之後，古手川站起來。

「喂，古手……」

『你在那裡搞什麼鬼！』

隔著電話都能清楚聽到的混濁男聲。眞是說曹操曹操到，聲音的主人正是渡瀨。

「呃，我去川口署提議新法解剖。」

『剛剛他們署長就來縣警本部投訴了。說縣警搜一的小鬼突然跑來威脅刑事課長。你什麼時候變得那麼行了？威脅警署的課長？再等一百年吧！』

一百年之後就可以威脅了嗎？

『明明沒有確實的物證卻想立刻送解剖，別人當然會懷疑。盡可能送解剖並沒有錯，但要命的是，你沒有說服對方的材料。要恐嚇，前提是手上要有對方會怕的證據。你什麼都沒有就要威脅別人，比街頭混混還不如。』

對威脅須田課長一事本身卻沒有責怪。渡瀨這個人到底是怎麼教古手川的啊。

『你能負得起責任嗎？』

即使隔著電話，那壓迫感也不是普通的大。光崎的壓迫感也相當驚人，但總比渡瀨的高雅幾分。

古手川的表情更加僵硬，先調整了一下呼吸。

「我會負責的。在我能力所及的範圍內。」

『語氣倒是挺有自信的嘛。有什麼依據？』

「直覺。」

爲什麼在這個局面下回這種話還能回得這麼篤定？眞琴內心抱頭，渡瀨的反應卻令人意外。

『我已經讓那邊的署長答應新法解剖了。』

「謝謝組長。」

『用了滿強硬的手段。』

「對不起，給本部添麻煩了。」

『不用在意。要是解剖沒得出個結果來，費用從你的薪水扣就好。』

「怎麼這樣！」

『怎麼不能這樣。你在能力所及的範圍內能負的責任頂多就這樣了。用你的錢就能收拾善後，你就要偷笑了。』

古手川的表情頓時像個被宣布要受罰的國中生。

『那個助教小姐在你那邊嗎？』

「她正在旁邊笑。」

『叫她接。』

古手川一愣，但真琴也同樣吃驚。戰戰兢兢地從古手川手中接過手機，貼在耳朵上。

「電話換人了，我是栂野。」

『我們家的單細胞好像給妳添麻煩了。』

渡瀨的聲音忽然放低了。好像是不願讓古手川聽見。

「哪裡。」

『雖然是那麼一個單細胞，卻也給我放大絕說要自己負責。單細胞倒也有了單細胞的覺悟，麻煩多照顧了。』

「具體上該怎麼做才好？」

『牽好項圈別讓他亂跑。我先提醒妳，可別被他牽著鼻子走，也別跟他朝同一個方向衝。』

說完電話就掛斷了。

「吶，組長說了什麼？」

「叫我要監視古手川先生的暴走。」

雖然簡略很多，但應該沒錯。古手川卻非常懷疑地看眞琴。

「有事？」

「沒有。只是很不安，不曉得眞琴醫師能不能攔得住我。」

「古手川先生覺得我怎麼樣？」

話說出口，眞琴這才大急。儘管是順著談話說出來的，但自己問這是什麼問題啊！

但古手川卻回得不以爲意。

「妳就是我都已經在踩油門了，還要在我腳上添一腳的那種人吧。」

須田終於板著一張臉回來了。因爲已經從渡瀨那裡得知了結果，眞琴放了心，但如果光看他的臉色，實在不像已經同意了。那張臉陰沉得好像一言不合就要打古手川。

「署長同意進行新法解剖了。」

「啊，多謝。」

就算用演的也應該演得更感激一點，但因爲知道是渡瀨幫的忙，古手川臉上絲毫不見感激之色。

「我轉告了你與助教小姐的熱誠，署長好不容易才讓步。」

說得好像自己費盡唇舌似的，眞琴不禁想苦笑。但要是在這時候笑出來，一切就都白費了，所以眞琴死命忍住。

「那眞的是非常感謝。」

「這也是前所未見的要求，所以署長提了一個條件。」

「費用要本部出是吧？」

須田瞪大了眼睛。

「我也知道這是個任性的要求，這點自知之明還是有的。」

「是嗎？」

要是順便再告訴他解剖費用要從古手川的薪水扣的話，須田會有什麼表情呢？眞琴試著想像。

「那麼，我們會去領走屍體。」

古手川不理話還沒說完的須田，轉身走了。眞琴匆匆行了一禮，立刻追在古手川身後，覺得自己好像一個養了不肖子的母親。

「你那種態度不太好吧？」

「哪種？」

「人家好歹爲了徵求署長同意新法解剖盡了力，你也裝得感謝一點啊。」

「我倒是覺得那樣就很夠了。」

古手川一點愧疚之意都沒有。

「我勸妳啊，最好不要因爲場面話或當場的情勢就隨便低頭。」

「咦？」

「我的頭是沒什麼了不起的，但我還是想留在眞正過意不去和眞正想道謝的時候再低下去。」

「這什麼歪理？」

「嗯。一開始我也是這麼想的。但是在種種案子裡和形形色色的相關人士交談當中，就慢慢認爲那樣很有道理。」

「難道這也是……」

「沒錯。就是跟那個乍看之下一臉凶相、好像滿腦子只想著打人的上司學的。」

看著走在前面的背影，眞琴有點不安。向優秀的前輩學習、當作自己的指針並不是壞事。眞琴自己也是以光崎爲目標。但另一方面，古手川要是變得像渡瀨那樣滿臉橫肉又唯我獨尊、把社交辭令當狗屁，豈不令人頭痛？

眞琴忽然想起一件事。

她自己的指針光崎，不就是唯我獨尊和把社交辭令當狗屁的化身嗎？

古手川和眞琴先回了縣警本部，再換了運屍車前往「熊田鑄物」。然而，有幾個員工在安置胡文順屍體的休息室前展開了小爭執。

「就叫你們差不多一點。休息室不是越南人專用的！」

「明白、明白。對不起。」

仔細一看，防守方裡也有阮姓員工的身影。擠進去要他們交出休息室的，是其他技能實習生和日本人。

「工廠裡面就只有這裡是涼快的。至少要輪流讓我們用啊！」

「不行。要是我們沒有看著小胡的屍體，就會被弄走。」

「你們是明知一連好幾天都超過三十五度，還故意這樣搞是不是！我們可是從早到晚快熱死了，你們卻霸佔了有冷氣的休息室。反正你們把屍體擺在這裡，就是爲了不讓我們進去對不對？」

「不是的。」

「趕快把屍體搬出去。要是房間染上屍臭味，你們要怎麼賠？」

「對不起、對不起。」

「你們技能實習生每次都這樣。問題不是道歉就能解決的。快給我閃開。叫你閃還不閃！」

從數公尺外的地方就看得出情況一觸卽發。眞琴判斷，在這種情況下別說進入休息室，連靠近門口都不可能，古手川卻一副沒在怕的樣子朝他們走過去。

「所有人都不許動。埼玉縣警來了。」

隨著他這一吼，所有人都靜止了。正在吵鬧的人似乎大多都認得古手川，但就算不認得，要制止爭吵鬧事，警察這兩個字恐怕是最有效的。

「好了好了，退下退下。」

古手川撥開人群來到門前。阮姓員工和另一個越南人還擋在門前。

「請讓我們進去。我們要把胡文順的屍體搬出來。」

阮姓員工的臉上閃過警戒之色。

「你們要燒掉小胡的屍體？」

「不是的。要解剖，調查身體，查出眞正的死因。解剖之後，會好好把肚子合起來，弄得乾乾淨淨，再還給你們。之後，你們再送他回故鄉，土葬。飛機的運費，可以從 JITCO 給付的死亡慰問金出。」

古手川很貼心地把詞句分成一小段一小段來解釋，阮姓員工的警戒之色才漸漸淡去。

「你說的是眞的嗎？」

「眞的。這一位女性，也在負責執刀的團隊裡。」

突然被介紹，眞琴手忙腳亂地行禮。

視線在兩人身上來回的阮姓員工終於與另一位越南人互看一眼，從門前退開。

「謝謝你們配合辦案。」

古手川與眞琴進入休息室。裡面與外面截然不同，飄著滲人的冷空氣，但眞琴感知到的不止有室溫。

胡文順的屍體顯然腐壞得更加嚴重。乾冰也已呈顆粒狀，只剩下空調的冷空氣在保護屍體。外行人保存屍體這就是極限了。

將屍體移上擔架，緊急送上運屍車。有越南技能實習生幫忙，這項作業短時間內便完成了，但眞琴沒有忘記提醒。

「觸碰過屍體的人，還有極度靠近過的人，全部都要在保健室接受檢查。還是有可能感染疾病的。」

看到每一個技能實習生都點頭之後，眞琴才告訴古手川可以開車了。

出發之後，古手川才對她說：

「妳的指示好仔細啊。」

「在解剖之前都不知道眞正的死因是什麼。我是怕萬一他們被屍體感染了，我會過意不去。」

「妳眞是有情有義。」

本想將這句話原封奉還，又怕助長了他的氣焰反而麻煩，眞琴便算了。

04.

回到法醫學教室，凱西已經等在那裡了。因事前已聯絡過，也將光崎的時間空了出來。

「新法解剖眞是個 good idea。」

凱西開口第一句話，便是稱讚古手川的機智。

「死者是離鄉背井的外國人，而且靠相驗無法確定有無犯罪嫌疑，這樣的案子並不少。埼玉縣內這類案件也在增加，我正擔心不知道該怎麼辦呢。若是這個案子能成爲問題的突破點，就能期待今後有所展望了。」

相對於凱西的誇誇其談，眞琴倒是有點退縮。展望將來是不錯，但若是這次的解剖以落空告終，不僅會成爲新法解剖沒有多少成效的反宣傳，古手川的薪水也會大大虧空。雖然沒聽他本人說過薪水有多少，但從他的穿著大致可以猜得到。要是付了解剖費用，八成連飯都沒得吃了。

眞琴不經意往背後一看，不知是不是她多心，覺得古手川也是一臉憂鬱。而凱西並不是沒有發現兩人的異狀。

「怎麼了嗎？你們兩位。這踏出嶄新第一步值得紀念的一天，怎麼不太開心？」

眞琴無奈，只好說出若解剖沒有發現，古手川就要負擔費用一事。結果凱西一臉無法理解的樣子。

「這哪裡有問題？」

「這不是很不合理嗎，凱西醫師。妳是知道一個小刑警的薪水多少才這麼說的嗎？我從剛才就一直拚命在想我的存款餘額有多少？」

「Ｏｈ！原來你是擔心這個啊！」

「這很嚴重欸。」

「問題很簡單啊。古手川刑警只要去投靠眞琴不就解決了嗎？我還以爲這是古手川刑警故意的呢。」

還是先堵住凱西的嘴，把胡文順的屍體送進解剖室吧。

與凱西兩人做好準備，幾分鐘後，光崎彷彿算好時間一般現身。這個男人平常個頭嬌小，腳步甚至有點沉重緩慢，但穿上解剖衣的那一瞬間便判若兩人。步伐颯爽，每一個動作都像機器般正確，百看不厭。

「外表檢查。」

光崎的視線從屍體的頭部掃到胸部、從胸部再掃到腰部。另一邊，手持相機的凱西隨著光崎的視線拍下各個部位。

「唔。」

以光崎的觀察眼也沒有從體表看出異狀。接著，光崎在眞琴的幫忙下將屍體翻身。但背後也沒有看到任何擦傷或撞傷。

「那麼開始解剖。屍體是二十多歲的男性。沒有外傷，死亡證明的死因是肝癌破裂造成的腹腔出血。手術刀。」

光崎的手術刀照例在屍體上劃出一個Y字。由於死後已經經過數日，一劃開屍體，異臭便伴隨著聲響噴出來。即使戴著口罩也聞得到。要是毫無防範迎面遇上，過度的惡臭大概會讓眼睛和鼻子一起失靈。

胸部左右打開切除肋骨，患部便一覽無遺。腹腔內大量的血液形成了積血。光崎的手轉眼便切除了肝臟。放在托盤裡的肝臟表面和顏色都與健康的肝臟不同。

肝癌是很少有自覺症狀的疾病，但肝臟本身的外表會隨著病情的惡化而改變。表面會出現突起，變得像鱷魚皮。顏色也會從本來的暗褐色變成泛白的紫色，即使是外行人也看得出病灶。

此時，光崎在看的，正是這種狀態的肝臟，等於是爲胡文順的肝癌立證。

不安與恐懼席捲了眞琴。

落空了。

說什麼經驗、直覺的，和古手川一起捏造出根本不存在的幻想，把事情鬧大了。去川口署和「熊田鑄物」鬧，讓縣警和古手川背負起不必要的責任。也讓強行進行新法解剖的渡瀨面目掃地。

眞琴和古手川的暴走這次眞的闖了禍。雖然不是藉古手川的話，但他們兩個都不是踩煞車，而是踩了油門。雖然一直擔心暴走最後遲早會撞牆，但這下眞的撞了。

從眞琴的位置，或許是因爲血流得太多，從肝臟表面看不到破裂的痕跡。但一定是破裂了。

光崎才不管眞琴的絕望，繼續執刀。

「剝離腹部皮膚。」

眞琴的手術刀從已經打開的皮膚上，正好是覆蓋肝臟的那一部分，取下了一小塊皮膚。

「哼。」

光崎一副一切不出所料般哼了一聲。而完全沒有料想到的眞琴，看了剝離的部分差點叫出來。

因爲皮下存在許多點狀出血。皮膚表面明明沒有變色，皮下卻有異狀。這樣的病例眞琴也見過很多。因爲腹部很柔軟，即使加諸相當強的外力，皮下仍只是出現點狀出血。

光崎的手再度去掏屍體內部。繼肝臟之後出現的是脾臟周邊。在燈光照明下，確認脾臟與腸繫膜破碎。這樣的症狀只有腹部受到外傷時才會發生。

一摘出脾臟，便知道其中一部分破裂，內容物外漏。

「這不是自然破裂的，是被外來的壓力壓壞的。」

仔細一看，皮下的點狀出血是由一個整體帶有弧型的形狀造成的。這顯然是施加壓力的物體的痕跡。

胡文順罹患肝癌是事實。

但死因並不是病死，而是腹部遭到撞擊造成的脾臟破裂。

「如果沒有人目擊施暴現場，內臟破裂有時會被判爲心臟衰弱或心肌梗塞。最好記住這一點。」

光崎的話顯然是對自己說的。

眞琴用力點了好幾次頭。

某人的暴行造成了內臟破裂。看過「熊田鑄物」內部，眞琴不難猜想到凶手是誰。在胡文順因劇痛而昏倒前，有人看見中國技能實習生包圍了他。雖然很悲哀，但凶手大概是他們的其中一人。

據看著胡文順死去的同事說，他在臨死之際已經說不出話了。還來不及說出遭到施暴的事實和凶手的名字就走了。然而本來該由死者說的話，透過解剖都重現了。

兩天後，眞琴和古手川一起造訪了「熊田鑄物」。

完成解剖後，胡文順的遺體立刻被送還給他的越南同事，公司辦理了空運的手續。儘管費用是從死亡慰問金中扣除，但公司之所以會迅速採取行動，除了衛生上的問題，也是想儘快抹滅技能實習生之間蓄勢待發的負面情緒吧。

在會客室面對兩人的人顯得非常不安。或許是因爲沒有人告訴他爲什麼他會被叫出來。

眞琴決定從頭到尾都當聽衆。眞琴負責查明死因，古手川負責追查凶手。想一想是理所當然，但眞琴覺得他們兩個是最近才對彼此的角色分擔有所自覺。

「聽說胡先生的遺體順利送回祖國了。」

「是啊。公司方面也因爲送走了麻煩的元凶，暫時安心了。不過事情並沒有因爲這樣就全部解決就是了。」

「你是指？」

「我是說，技能實習生的問題沒有任何進展。低工資長工時的勞動完全沒有改善的動靜，外國人之間的紛爭也沒有解決。」

「雖然很値得同情，但這不是縣警搜查一課能解決的問題。」

「這我知道。只是我想，只要廉價勞工源源不絕地流入，公司就不會想改革現在的體制吧。」

眞琴無法判斷男子的憤慨是針對公司的態度，還是針對廉價勞工。

「還有另一個沒有解決的問題。」

「哦，什麼問題？」

「胡文順的屍體經解剖，發現死因不是肝癌破裂，而是外部壓力造成的脾臟破裂。」

「嗯，這我聽說了。昨天和今天大家談的都是這件事。」

「胡先生覺得不舒服，是中午休息的時候。考慮脾臟破裂導致腹腔內出血發生的時間，造成破裂的暴力行爲極可能發生在上班時間內。」

「你的意思是，凶手就在員工當中是吧？這沒什麼好驚訝的。越南實習生和中國實習生之間的爭執又不是現在才開始的。」

「在『熊田鑄物』裡，各人的時間表都有嚴謹的管理嗎？」

「不是所有人都一樣，要看工區。各工區的負責人應該都有所掌握，但不是每個負責人都一樣嚴格。總之，我們的工作現場危險如影隨形，暫停小休是必要的，這些並不會一一記錄下來。」

「二區的現場監督是伏本先生對吧？」

「二區就在熔爐旁邊，小休更多了，畢竟是危險、嚴苛、高溫的3K③環境啊。」

「胡文順的屍體腹部有遭到毆打的痕跡。」

「咦！不是說身上沒有任何傷口嗎？」

「視使用的物品、毆打的部位不同，有時候並不會在體表留下傷痕。但都原原本本地留在皮下。連凶器的形狀都一清二楚。」

古手川從懷裡取出幾張照片。都是凱西拍下的皮下的放大照片。坐在對面的人物看到照片的那一瞬間，便按住嘴巴。

「怎麼了嗎？」

「……要讓我看這種東西，麻煩請事先告訴我一聲。這個，一般人很少看到吧。」

「那眞是抱歉了。但是，這種形狀的傷痕我們也很少看到。既不是完全的球形，

③這裡的3K是危險（kiken）、嚴苛（kakoku）、高溫（kouon）。

也不是棒狀。我們想遍了所有想得到的凶器，卻沒有一樣吻合。所以昨天下班後，就往這裡跑了一趟。」

對方坐不住了。

「我沒聽說。」

「那當然了，因爲是秘密行動。喔，當然事先徵求了社長的同意。好了，關於這照片裡的傷痕，現在就有個很方便的東西。」

古手川又取出另一張紙。不是照片，而是像個歪歪扭扭的茶杯的CG。

「我們從留在身上的凹凸解析了物體的形狀。其實這傷痕，不是一次造成的，是在同一個地方至少打了三次。所以要解析全貌就更容易了，我們爲了找與這個形狀相同的工具，深夜搜遍了整個工廠。」

「不可能的。」

對方急著說道，

「你知道工廠有多大嗎？」

「的確很大。但我們本部和轄區加起來出動了二十人的搜索隊，並不覺得有那麼難找。實際上，我們很快就找到了標的物。而且是在二區找到的。」

古手川一句話就讓對方臉色大變。

「吻合的，是使用於澆鑄這項作業的長柄杓。將溶化的鑄鐵倒入砂模的作業。大多數員工都是用機具來倒，但聽說有幾個熟練的人會使用這樣的長柄杓。而這張CG呢，扭曲變形，有獨特的形狀。所以很快就確定是你的。聽說二區也只有你一個人使用這種長柄杓啊，船堀先生。」

被問到的船堀無法忍受古手川的正視般轉開視線。

「我又何必？」

「因爲廉價勞工而積憤已久的，不止中國實習生。因爲二區的越南實習生領低薪卻提高了良率，影響也波及了日本員工。」

眞琴聽到卡嗒卡嗒的聲響。不經意地往聲響的來向看，原來是船堀的腳在桌子底下弄響了地板。

「我們聽現場負責人伏本先生說了。公司已經通過了減少日本員工的就業時間、讓越南實習生來做的計畫，不是嗎？再這樣下去，二區就要被越南實習生佔領，包括你在內的日本員工地位和薪水只會越來越少。所以……」

「我沒有要殺他。」

船堀喃喃吐露。

「生氣是眞的。都是這些人，害我和其他日本人吃虧……我覺得太不合理了。所以當我和小胡在工作中起了一點爭執，我一時火大，就拿手裡的長柄杓打了他肚子幾下。看他抱著肚子，我回過神來立刻就道歉了。他本人也說沒什麼，我就把這件事給忘了。到了休息時間，他看起來很不舒服的時候，我也沒想到竟然是因爲我那時候打他。」

「你爲什麼沒說？」

「因爲，他被送去的醫院診斷他是肝癌破裂。既然無關，就不必特地說明——一般人都會這麼想的吧？」

雖然覺得這個藉口很差，但看了他還在發抖的腳，眞琴改變了想法。

他就是因爲自知藉口很差才會發抖的。

第二天，古手川與高彩烈地來到法醫學教室。

「古手川先生，你該不會是把法醫學教室誤以爲是警察休息室吧？」

「別這麼冷淡嘛。有人教我感謝不能只在電話上說說。」

古手川告訴眞琴，在縣警的偵訊中，船堀已全面招認。根據目擊證詞，他主動接近倒在樹蔭下的胡文順，所以他說沒想到自己的毆打是死因似乎是眞的。

卽使如此，驅使船堀行使暴力的，是與金錢有關的憎恨與排外。與古手川和眞琴最初預料的動機如出一轍，事後的感覺絕對說不上愉快。

「唯一的安慰是，我不用被扣薪水了。」

不了解古手川個性的人聽到他這麼說，肯定會皺眉頭，但不知是幸，還是不幸，眞琴知道這是他的毒舌所開的不好笑的玩笑。她也猜想得到他爲何硬要開這種不好笑的玩笑。

「而且，這次又落空了。再怎麼調查船堀，都沒有在帝都電視台官方網站上留言的形跡。」

Part 3

兒子的聲音

ヒポクラテスの悔恨

01.

七月二十七日下午一點四十分，秩父署交通課交通搜查係的小山內駕駛箱型車緊急趕往現場。他於十五分鐘前接到通報，地點是秩父市山田的山間，前往大棚山眞福寺的山路上，一處視野不佳的急彎。

車子駛入那條山路。一如導航系統所示，距離現場是一條沒有盡頭的路。小山內本身來過好幾次，所以很熟。道路寬度堪堪四公尺，一般汽車勉強可以會車。後續交通鑑識組也分乘箱型車前來，他只能祈禱對向車道不會出現大卡車。

今年連續超過三十五度的日數一再創下新高，今天市內的最高氣溫也高達三十七度。陽光猛烈，就算是在深山，恐怕也涼快不到哪裡去。小山內看著柏油路面反射的強烈日光做好了心理準備。

左右側的針葉林鬱鬱蒼蒼，當中一條綿延無盡的路，爲觀者帶來開闊之感。然而，這裡卻也是市內數一數二的事故多發路段。

因爲坡度不算陡急又是一路筆直，成爲當地騎士坡道賽車的最佳場所。但是偶爾會出現髮夾彎，而且不熟悉道路的駕駛和騎士經常引發正面衝撞或擦撞事故。雖然也設置了道路廣角鏡，這幾年還是事故頻仍。

據通報者所言，事故內容是四百CC的機車自撞事故。道路旁躺著一具男性屍體以及破損的機車。傷勢詳情不明，但既然被通報爲「屍體」，可見是旁觀者也認爲是絕望的狀態。

小山內已開始想像傷者狀況，不禁心下憂鬱。被分派至交通課快四年了，經手的死亡事故破百之後就不記得有多少件。不是記憶力的問題，是他努力忘記。像柘榴般開了大口的頭部，被壓碎後骨肉呈絞肉狀的四肢、露出的內臟、噴濺在柏油路上的血。只有位於現場才能體會的光景與臭味，以及充斥著死亡的空氣。要是將這些一一謹記在心，心神遲早會失常。

在山路上爬了一陣子坡，不久抵達了現場。一如通報，路旁躺著機車和一名男子。一臉不安地站在旁邊的男性郵務員應該就是通報者了。下了車一經確認，果眞如此。一問之下，他說是在前往鄰近投遞郵件途中偶遇現場。

其他調查員匆匆奔向躺在地上的男子。急救隊很快就會趕到，治療、急救措施應該交給他們，但在那之前是警察的工作。

「不行了。」

看著被害人的樣貌，一名調查員搖著頭回來。

「心搏停止。瞳孔完全放大。那樣子應該是救不回來了。」

小山內也向傷者看了一眼。

傷者所戴的安全帽不是全罩式的，而是外送員戴的那種俗稱瓜皮帽的半罩式。那種安全帽視野雖廣，但相對的安全性極低。倒地的機車也一眼就看得出是改裝車。本來半罩式安全帽僅僅適用於一百二十五ＣＣ以下機車的安全規格。一旦發生翻車意外，側頭部受到致命衝擊的可能性很高，本來就僅以帽帶在下巴固定，不但稍加衝撞就會脫離，運氣不好的甚至耳朵都會一起掀走。即使是全罩式的安全帽，一旦施加衝擊，內部便會產生龜裂而失去耐久性，半罩式根本就形同一般的帽子。他有時候都會想戴那個不如乾脆別戴。雖然不能光是因爲改造車和瓜皮帽的穿戴就認定，但這位傷者也是重外表甚於安全、和暴走族沒什麼兩樣的騎士吧。雖然對他本人過意不去，但也不能不罵一句自作自受。

相對於機車倒在髮夾彎的彎曲處，騎士倒是被拋到十公尺遠的地方。半罩式安全帽被吹走，右耳僅以一層皮勉強與頭部相連。

失去了脆弱的半罩式安全帽之後，身體因離心力及重力被重重摜在柏油路上。腦挫傷、全身撞傷。若落地處是草叢也許還有機會，但是柏油路就神仙也難救。眼前這位傷者的頭部就裂開了，腦漿從中溢出。

卽使如此，會發生什麼奇蹟只有神知道。將人依照守則擺成側臥姿勢，以免伸出來的舌頭導致窒息，等待救護車的到來。這其間，小山內等人設置三角錐讓道路暫停通行，在箱型車上掛起發生事故的告示板，並取出攝影機拍攝路況。交通搜查課勤務員之所以開箱型車而非警車來到現場，便是因爲必須攜帶大大小小各式各樣的搜查機材。

設置好三角錐，小山內便去詢問那位通報的郵差。

「我本來是預定要送東西去給住在這上面的居民的，但來到轉彎這邊就看到這樣。」

「沒有看到其他車或人嗎？」

「沒有，就只有一個人。」

道路乾爽，因此鮮明地保留了急煞之際的胎痕。然而就小山內所見，雖有無數舊胎痕，卻不見機車的新煞車痕。

現場照例是髮夾彎。倒地的機車面向下坡，因此簡單直接地推測機車是在速度加快的下坡時轉彎沒轉過而滑倒，騎士本人被甩到前方，應該八九不離十。

交通鑑識組的人幾乎是貼在路面尋找柏油路和人行道上的殘留物。破損的機車上是否附著了其他車輛塗裝的碎片，或者是否殘留了其他車種的零件——天氣這麼熱，柏油路早就超過四十度了。簡直像被迫在燒熱的鐵板上爬，所有鑑識人員的汗都像瀑布般從額頭上噴出來。若說工作就是這樣那也沒什麼好說的，只是看著也叫人忍不住颼汗。

開始搜查的五分鐘後，救護車爬坡而來。接下來是一如往常的情景。急救隊員確認傷者的狀況，以擔架將人送上救護車。聯絡好送去的醫院，抵達之前拚命試著救人——然而，這番努力多半不會有回報吧，小山內預測。他雖然沒有心肺復甦的經驗，但看多了，從氣氛就能看得出救得回來的人和救不回來的人的差異。這次十之八九是後者。

「這是傷者的口袋裡的東西。」

小山內從一名鑑識人員手中接過皮夾和手機。皮夾是合成皮，上面做了多得離譜的金屬裝飾，看來重外在甚於內在。裡面只有四個野口英世和少許零錢。從駕照得知傷者名叫水口琢郎，三十五歲。住址是秩父市山田——竟然這麼近！正在看駕照時，另一位調查員告知：「手機裡有家裡的聯絡方式，已經聯絡家人了。」這麼近，應該很快就會趕來吧。

既然是當地人，應該每天都會利用這條山路作為生活道路。這樣還切不過彎，肯定是因為失之大意了。

眞是沒有比習慣更可怕的東西了——小山內邊想邊繼續搜查時，一輛小卡車從下方的坡道開上來。本以爲是附近居民，但車子才剛在三角錐前停下，一個中老年男子便面無人色地衝出來。

「琢郎！」

他想撲上被擔架扛著已有半截身子送進救護車裡的傷者。小山內不得不從背後抓住他。

「放開我！」

「不行哦，現在要趕快送醫院。」

「那是我兒子。」

小山內早料到了。

「您的心情我們明白，但請您忍一忍，拜託了。」

傷者家屬也在事故現場並不稀奇。雖然同情，但他們在現場只會礙事。

「您先冷靜下來。能不能和我們談談？」

在安撫期間，載著琢郎的救護車下坡而去。待警笛聲走遠，男子的肩頭便無力垂落。對小山內而言，這樣才比較容易詢問。

男子名叫水口仙彥，說琢郎是他的獨生子。

「他高中畢業就開始騎重機。」

水口的心情尚未平復，但慢慢開始說話。

「沒有加入暴走族什麼的。有一段時間沒騎，但找不到工作之後又迷上了……那叫作 tune up 嗎，就是自己做一些改造，每天晚上都超大聲在外面騎。」

「那他從高中畢業到現在也不少年了。騎車技術好不好？」

「這個，我對機車也不熟，就算有模有樣的，終究是外行人啊。要是厲害到能夠拿出來誇口，那小子鐵定會放話說要當機車賽車手，但他沒說過，可見就還是業餘愛好的程度吧。」

琢郎的違規紀錄小山內已經查過了。超速與非法改造各一次。就一個騎著改造車到處跑的人而言，違規紀錄算很少。

「他三十歲以後，就完全放棄找正職工作了。」

「沒有工作嗎？」

「我能想起來的，就是在加油站之類的地方打工，可是也沒有給家裡生活費，賺的錢全都拿去搞他的機車和加油了。」

作父親的神情凝重，嘴裡冒出來的卻是牢騷。在這個場合會口吐對兒子的怨言，是因爲平常就滿肚子的不滿，還是在水口家這樣的相處方式很尋常？

「我老婆身體不好，現在是請照服員照護。我這邊是種草莓維生的，我老婆沒辦法再去溫室和園裡，就希望兒子好歹幫點忙，但他從以前就討厭摸泥巴。」

長男討厭家業是常有的事。尤其這一帶農家不少，類似的情形多的是。

下一個來訪者的出現，打斷了小山內對水口的詢問。一輛箱型車下坡而來，在三角錐前停車。

從後方車門下來的是一位坐著輪椅的婦人，以及陪同的男子。

從上面的標識可知他是照服員。

「老公！」

坐輪椅的婦人叫了這一聲，身體便朝水口所在的方向伸長。她無法自行活動，所以似乎非常著急。

「這是我剛才提到的，內人益美。」

「怎麼回事？剛才我接到警察的聯絡，說琢郎出車禍了？」

「是啊，剛送去醫院了。」

「送去醫院！老公，到底是什麼狀況？」

水口求助般朝這邊看。總不能說腦漿都流出來了，可是小山內也不敢隨便亂安慰。

「我們趕來的時候已經沒有意識了。現在，急救隊員正盡全力搶救中。」

「警察先生，請跟我說眞話。琢郎到底是什麼狀況？」

益美的視線非常灼熱。或許做母親的理當如此，但這對早已心知救回來的可能性趨近於零的小山內而言，卻只是一項重擔。

「我對急救醫療不太清楚，不敢說不負責任的話。眞對不起。」

「別這樣。既然你在現場，請你至少告訴我琢郎是什麼樣子。」

益美眼中的熱度越發高了。小山內認爲這也是當然的吧。這世上沒有不擔心兒子的母親。正因如此，無法告知事實的狀況令人心酸，同時也心下難安。同事當中，也有人明言只是如實傳達事實而已，但小山內無法分得這麼開。

正遲疑著，爲益美推輪椅的照服員開口了：

「不好意思，我是照顧益美阿姨的『安心護理』的照服員，敝姓宍戸。」

一個長照服務的員工，明明只要做好份內工作即可，宍戸的神情卻凝重得像自己的血親正瀕臨死亡。

「自從接到警方的聯絡，水口太太就急得什麼都無心做，以至於我們也無法好好照顧。能不能請您告訴她琢郎先生的狀況呢？」

宍戸看著這邊的眼神眞摯無比。小山內不禁想撇開視線。

「我知道琢郎給你們添了不少麻煩。」

益美以懇求的眼神看小山內。拜託別這樣。小山內的母親年紀和益美相當。母親永遠都是男人的弱點。

「難道，他已經死了？如果是這樣，請告訴我們。我們絕不會因爲警察先生告訴了我們，就恨警察先生的。」

繼益美之後，水口也緊接著說：

「那小子平常就愛學暴走族，所以我們都知道警察先生不喜歡他們那些人。事實上，他也讓人瞧不起。都三十五、六了，沒個穩定的工作，既沒存款也沒有家室。這樣的人是人渣。但是，卽使如此也一樣是我血濃於水的兒子。」

被三人追問，小山內不知如何回答。

「我知道急救地點。如果方便，可以請幾位和我一起過去嗎？」

益美和宍戶搭他們來時的照護車，水口則是上了交通課的箱型車。反正遲早都必須將琢郎的死訊告知雙親。

對警察而言，這是最討厭的工作之一。卽使口頭告知，有些父母還是無法接受孩子的死。雖然殘酷，但讓他們看到現實是最快的方法。

傷者被送到位於市內的「秩父急救中心」。小山內告知情由，櫃檯的女性立刻便帶他們去病房。能夠見才剛緊急送來的患者，意味著患者不需要大規模的施救，但水口夫婦恐怕沒有餘力留意到這一點吧。

他們被帶去建築中最靠邊的房間，而非治療室。進去一看，連護理師都沒有，只見擔架上蓋著被單的身體被安置在那裡。

小山內一看就心裡有數。交通搜查係到達的時候，便確認琢郎已經死亡。在救護車上，一定也是判斷急救措施無用。醫院這邊如果做了什麼，也就是修復一下撕裂傷吧。

大概是看到臉都被床單蓋起來便明白了狀況，水口夫婦幾乎同時有了行動。益美只是在輪椅上扭身而已，搶先跑過去的水口則是迅速掀起被單。

破裂的頭部果然已經修復好了，流出來的血也清乾淨了。但傷口深度與受傷程度一目瞭然，不需要詳細說明。

「琢郎。」

益美由宍戶推著靠近兒子的身體。

「琢郎——」

雖是一定會出現的悲悽場面，卻怎麼看也習慣不了。小山內決定封印感情，旁觀一切。

益美攀著琢郎的屍體，趴在床單上開始嗚咽。宍戶祈求冥福般低著頭，水口則是忍住洶湧的情感似地一臉肅殺。

在沒有醫療用具也沒有護理師、空盪盪的房間裡，只有一串串嗚咽聲。

終於，水口緩緩開了口：

「是當場死亡嗎？」

人都走了，說謊也沒有意義。

「我們趕到的時候，已經……」

「是什麼狀態？」

小山內一邊斟酌用詞，一邊說頭部有嚴重裂傷，恐怕難以救回。

「但您們還是為他急救了？」

「凡是能做的急救隊都會做。那是他們的職責。」

「我們想現在就把他接回去。」

語氣客氣但沉痛。

「雖然醫院已經幫忙弄得可以見人了，但看著傷口還是讓人心疼，就好像現在也會痛得大叫似的。可以的話，我想現在就領回去火化。」

「可是，搜查還沒有結束。」

「搜查也許還沒有結束，但琢郎已經死了。再讓他留著傷口太可憐了。內人也沒辦法安心。」

水口說的有理。如果只是擦撞傷就算了，但琢郎的傷是令人明確聯想到死亡的撕裂傷。

「拜託。」

水口深深行禮。小山內不禁想大喊拜託不要這樣。

在抵達醫院前的那段時間，小山內與鑑識組聯絡過。鑑識組鉅細靡遺地搜過現場，還是沒有看到該機車與其他車輛接觸過的痕跡，就檢驗輪胎痕而言，推測是雖然勉強切過髮夾彎，卻因爲龍頭操作失誤，把本人拋了出去。

現狀看不出犯罪嫌疑。爲保險起見，小山內想在電話中向課長仔細報告，不巧課長不在。

然而，有些部分某種程度是交由現場裁量的。交通搜查係與鑑識組共同得出的結論，應該有相當的說服力才對。

「好吧。」

做出這個判斷不需要多少時間。

「我去請醫生趕快寫死亡證明。拿證明到市公所，填寫死亡申請書的必要事項之後，就可以拿到火化許可。」

「謝謝。」

水口又要再行禮。

「請不要這麼多禮。」

這樣說完，小山內離開了病房。既然沒有犯罪嫌疑，就沒有自己的事了。明明幫不上什麼忙卻被家屬行禮，只會讓他覺得渾身不自在。

患者從急救隊交接給急救醫院時，責任醫師會在救護紀錄表上簽名。小山內還沒有向急救隊問責任醫師的名字，便決定去護理站問。

在護理站窗口說明來意，應答的女性臉上閃過訝異的神情。

「請稍候。」

還以為責任醫師會馬上就來，沒想到出現的卻是一個沒有穿白衣的男子。

「秩父署交通課的小山內先生，是嗎？」

問這句話的，是個一臉鬍碴、看來很好強的年輕人。

「事情我聽說了。水口琢郎的死亡證明，能不能晚點再開？」

「你哪位？看起來不像醫生。」

「同行啊。我是縣警搜查一課的，敝姓古手川。」

縣警。

而且是搜查一課。
部門不同，所以小山內的語氣不禁不客氣起來。
「搜查一課這時候出什麼頭？被害者是死了沒錯，可是那是單純的自撞事故。」
「也不是這起事故有什麼問題啦。你不知道嗎？有人在帝都電視台的官方網站上留了犯罪預告。」
聽到古手川這句話，小山內也立刻想起來。一封針對浦和醫大的光崎教授發出的、可視為無差別殺人的恐嚇信。
「我記得是說，接下來會殺一個人，對吧？」
說完，才發覺恐嚇信的涵義有多驚人。
「難道為了那封恐嚇信，埼玉縣內每一起自然死亡都要查？」
「嗯，可能的話。」
「可能的話……你知道光是交通事故，一年就會死多少人嗎？」
「我記得去年是一百七十七個人？」
「還有在醫院往生的死者啊！這樣加上去，到底有多少起？」
「坦白說，用想的都煩。」
小山內要說的是，你這個負責處理的還有心情開玩笑，但看到古手川那臉一點都不適合他的鬍碴就算了。

那不是爲了好看而留的，而是被自然死亡的案件逼得連刮鬍子的時間都沒有。

「古手川先生，你幾天沒回家了？」

爲了確認，小山內指指自己的下巴。只見古手川露出苦笑點點頭。

「每天都有回家啊。不過都只是睡覺而已。」

雖是不同部門的人，也心生同情。交通搜查係也是二十四小時制，但前提是有人交班，所以是輪班的。然而，就算縣警本部高高在上，搜查一課的調查員人數應該也是有限的。要以這些人來調查全縣所有的自然死亡，實在是不可能的任務。

「我不是要批評縣警本部的方針，但一時之間實在很難相信。這樣豈不是媲美黑心企業？」

「不管哪裡的刑警都差不多啦。」

「怎麼會。對了，古手川先生的上司是誰？」

「渡瀨警部。」

腦海裡翻騰的疑問和義憤，一聽到這個名字的那一刻便飛灰煙滅。搜查一課的渡瀨組。那面相就是平常滿腦子只想著怎麼揍跟他作對的人，偏偏他率領的小組破案率超群。古手川既然是渡瀨的部下，也難怪會被迫從事這種強人所難的調查。

「……你一定很辛苦吧？」

「我已經習慣了。」

「可是，這跟那是兩回事。」

想起水口夫婦傷心的樣子，小山內便把對古手川的同情擺一邊。

「死者的家屬希望現在就火化。我剛剛才答應他們。」

「那我就可以放心了。因爲答應的是小山內先生，不是我。」

這人說的是什麼話。

「你能不能幫我說服他們，說死亡證明要晚點開，可以把責任全推給縣警搜查一課沒關係。」

這不叫說服，叫強迫才對吧？

「就算渡瀨組再怎麼大名鼎鼎，我覺得這種用歪理逼退道理的作法很有問題。」

「唔——，我也有同感。如果我們組長是個會被道理或組織邏輯左右的人，我就不必這麼辛苦了。可是誰叫他天不怕地不怕，別說嗆課長嗆刑事部長，嗆縣警本部長他都不當一回事。」

「簡直退回昭和年代嘛。」

「啊，可以這麼說。眞的是很昭和的上司，跟他一起工作都會有時代錯亂的感覺。」

嘴上抱怨，古手川卻一臉樂在其中的樣子。

「總之，能不能讓我見見那對父母？我們組長交代，儘量不要給轄區警署添麻煩。」

02.

醫院的別室裡，除了水口夫婦，益美的照服員宍戶征爾也同席。本來會請被害人血親以外的人迴避，但水口堅持益美無論如何都需要輔助，只好讓他留下來。宍戶本人似乎也很清楚自己其實不該在場，顯得非常惶恐。

「不能開死亡證明是怎麼回事？」

本來在等責任醫師，來的卻是一個縣警本部的年輕刑警——若考慮被害者家屬的心情，古手川也能理解水口夫婦的疑惑。

「不是不能開，是請兩位等一下。畢竟是把一個人化成灰，必須辦理一些相應的手續。」

「剛才，秩父署的刑警先生跟我們說要找人幫忙開死亡證明的。」

水口一副不能接受的樣子，不肯讓步。這也是理所當然的反應。爲了避免你說過我沒說過這些無謂的爭論，古手川特地請小山內不要在場，而這招顯然走對了。

「我們也問過現場驗證的結果了。雖然很丟臉，但小犬是龍頭操作失誤摔車的。沒有連累任何人，也沒有破壞別人的東西也沒有破壞公物。是最單純的車禍。請問哪裡有問題？」

「不是有沒有問題，只是想愼重處理而已。琢郎先生的事我大致聽說了。他騎機車很久了喔？」

「算起來騎了十七年了。」

「十七年的話，是老手了。」

「但是，我這個做父親實在不好意思說，他騎車很猛，距離安全駕駛十萬八千里。」

「您是說，他騎車和暴走族沒兩樣，所以是自作自受？」

不知是不是自作自受這個詞惹怒了水口，只見他眼神陰鷙。古手川內心暗自咋舌。即使自以爲了解被害者家屬的心情，有時候還是會用詞不當。雖懊惱自己沒長進，但這好像也不是一朝一夕就能改過來的。

「呃，我因爲工作的關係，也認識一些整天騎機車亂跑的人。像交通機動隊的隊員裡也有不少以前混過暴走族。不過他們暴走族可不一定就會亂騎車。因爲他們自己也知道他們騎車騎得很猛，懂得什麼時候會跌倒，會在快跌倒之前躲開。這樣一直騎，自然技術就越來越好，他們還以此自豪咧。」

「你姓古手川，是吧。實際的事故現場你看了嗎？」

「還沒有。」

「那條路，你以爲路都是直的，卻突然就來個髮夾彎。我家在坡上，一天要來來回回好幾次，到現在遇到彎道都還是很小心。就算知道路是什麼樣子，還是會減速。但琢郎和那些外面來的愛飆車的那些人，卻一點也不減速就衝。這就是爲什麼那道坡會是交通事故多發路段。」

既然如此，那不就是自作自受嗎？古手川這麼想，正要開口時，益美先插進來。

「老公，你竟然忍心把自己的兒子說得這麼壞。琢郎都死了。」

「我是在誇他好歹死了沒有連累別人。」

「你還是人嗎！」

「不要大呼小叫。其實我也……」

水口說到一半不說了。不知是不是認爲大男人不該在人前失態，強忍激動的神情令人不忍。

「兩位不想知道令郎的死因嗎？」

古手川拋出這個誘餌，夫婦兩人齊齊一臉驚訝。

「你胡說什麼？」

「直接的死因搞不好不是交通事故。」

「刑警先生，你看過我兒子的屍體嗎？這邊的醫生幫忙修復過了，還是很慘。便宜貨的安全帽根本沒用，頭整個裂開了。那不是直接死因還會是什麼？」

「我以前經手的案子裡，曾經有過在被車子輾過之前，就因爲別的原因死了。」

「那是有牽涉到別人的事故吧。我兒子是自己一個人死掉的。死因是什麼又有什麼關係？」

看來是發現自己說得太過分，水口瞥了益美一眼，支吾其詞。

「我說，刑警先生，我和我兒子感情不太好。」

「一般父子關係都是這樣的。」

「我們的狀況不太一樣。別人都說，我從小就對他太嚴，都三十五了，還單身沒工作又沒存款，這種人根本人渣，爲了這我跟他吵個沒完。他一定也覺得很沒意思吧。我越說他，他越叛逆。」

古手川心想，這也很一般。只是古手川本人的家庭很早就分崩離析，還來不及恨父親他就不在了。還有人可以恨就不錯了不是嗎？

「等兒子變成那樣，我才後悔莫及。後悔自己爲什麼沒有鼓勵他。但是，我再也沒有機會了。我現在能做的，就是讓他早點瞑目。」

水口的頭緩緩垂下。

「一直留著那樣的傷，我這做父親的也很難過。我希望能讓他早點火化。」

「他是個善良的孩子。」

這回換益美說話了。

「我因爲糖尿病要坐輪椅之後，他都很關心我常問我好不好……」

「是關心經濟方面嗎？」

「也關心我的身體。」

「可是，您不是有請照服員嗎？」

「這一位的確是照服員，不過因爲是很近的親戚才請他幫忙的。」

只要是男人，都放不下母親。琢郎關心母親也許並不値得特別注意。

「不管他對他父親怎麼樣，對我而言他就是個善良體貼的孩子。琢郎那個樣子，我也心疼難過，不忍心看。我想早點好好送他走，拜託。」

被兩個人這樣懇求，古手川進退兩難。他與父母親情無緣，被兩人一求，不禁束手無策不知如何反應。

古手川思忖。不管他們的父母心，說是上司的命令一口拒絕是很簡單。但是，依現場的判斷答應火化更簡單。就狀況而言，沒有任何因素能懷疑並非自撞事故，無論渡瀨怎麼說，只要自己挨罵就行。

「刑警先生，你拖延火化，到底想調查什麼？」

水口的聲音很憤慨。

「我認爲，應該送司法解剖查明死因。」

「解剖！」

水口臉色沉下來。

「剛才說了那麼多，你都聽到哪裡去了？我兒子的傷重得讓人不忍心看，我們想送他早點超脫，你卻還要拿刀割他？做人不要太過分！」

「當警察的人就沒有心了嗎？」

益美的說法更悲痛。

「查什麼死因？頭都破得裡面的東西流出來了。這不是死因還能有什麼死因！」

「所以，裂傷是外表看起來，有些事實不解剖是查不出來的。」

「他都死了。還有什麼事實比這更重要！」

完了。

這兩個人變得情緒化，完全不肯聽自己說話。

就要吵起來時，本來一直保持沉默的宍戶怯怯舉起手：

「那個，我可以說句話嗎？我聽說，現在有所謂的影像診斷。」

意想不到的人出了主意，水口夫婦愣住了。

「詳細的機制我不曉得，不過就像X光一樣，不用解剖也可以知道身體裡面的樣子。這樣的話，您兩位的希望和警察的目的不就一致了嗎？」

「刑警先生，他說的是眞的嗎？」

「嗯，是啊。」

「如果是眞的，那就這麼辦。這家醫院也有那些設備吧？」

「這我就不知道了。」

古手川故意不立刻回答，但他事先就知道「秩父急救中心」今年起便導入了AI的影像診斷。縣內有AI裝置的醫療機構越多，申請解剖的應該會越來越少，法醫學教室的人談起這些的時候他也聽到了。

交由影像診斷的確也是一個辦法。但是，過去曾經差點因爲影像診斷而錯失眞相的古手川卻不能完全放心。他無意否定ＡＩ，但一旦親眼見識過光崎的本事，對於依賴影像診斷便有所不安。

他去向院方詢問，也好拖延時間。雖然他早就知道結果，但當務之急是讓水口夫婦同意給調查一些時間空間。

「這家醫院好像有影像診斷的設備。」

古手川自己都覺得很假，但還是對水口夫婦提議。被分發到一課的時候想都沒想過要演戲糊弄人，大概是跟著那個老奸巨猾的上司就自然而然學會了。

「不過好像很難現在馬上就做。很抱歉，能不能請兩位等一天？」

水口夫婦一副有話要說的樣子，但最後還是不情不願地答應了。

「所以你要到一天的時間？」

聽完古手川的說明，小山內傻眼地大聲說。

「我聽說渡瀨組的人都很優秀，可是才一天能有辦法嗎？」

「一天是籠統的說法，總之就是爭取時間。只要找到什麼可以用的，就可以拿來當藉口再拖下去。」

小山內更傻眼了，搖搖頭。

「眞是……縣警搜查一課都是用這種手法辦案的嗎？」

「大概只有我吧。」

兩人站在機車事故現場。是古手川硬要小山內同行的。

「可是，醫院有影像診斷的設備吧。爲什麼不去安排呢？ＡＩ的可信度我也知道的。費用比較低，更重要的是，不需要熟練的法醫費時費力。不就最適用於這次的例子嗎？」

「我不是不相信ＡＩ。我不相信的，是操作那些的人。」

古手川擔心的是影像診斷也會發生失誤的事實。

根據日前日本醫療機能評價機構公佈其所收集的醫療事故數據，這三年影像診斷遺漏的病變多達三十七件。

日本醫學放射線學會針對這些遺漏的案例的回應是：「因影像診斷的檢查數量大增，病例記載的資訊量大，主治醫師來不及消化。」影像本身拍攝的範圍雖廣，但因主治醫師只注意自己的負責領域，才會沒有發現病變。

還有就是負責影像診斷的放射線科醫師與主治醫師之間的溝通聯繫不足，這一點與浦和醫大交情匪淺的古手川十分理解。千萬別說大家都同在醫療最前線，畢竟那個世界也是壁壘分明，實際操刀的醫師與其他醫師之間亦存在著認知的不同。

「……所以呢，聽說了這些，全都靠機器無論如何都會不安。」

「結果還是要靠熟練的技巧，是嗎？你年紀又沒多大想法倒是很老派。」

一定是被老派的上司和老派的法醫學者操練的結果，古手川想歸想，卻沒有說。

事故車輛已經被送離現場了，但根據照片和小山內的目擊轉述，還是能充分理解損傷的程度。僅就照片而言，琢郎的愛車並非所謂的暴走族機車，引人注目的頂多就是導流罩和顏色花俏了點。

「引擎改過了。我想當時馬力應該不小。」

「因爲馬力不小，所以騎士本人被甩得很遠。相較於人，機車卻是倒在彎道結束的地方。」

「沒和騎士滑落到同一個地方，你覺得看起來很不自然嗎？其實就算是改裝車，也是裝了賽車級的整片導流罩，一旦摔車，接觸面就很大。接觸面大摩擦力就大，就會出現一些沒有滑多遠的例子。」

古手川在腦海裡想像事故的狀況。機車高速疾馳在下坡路上。在髮夾彎切了龍頭，卻因操作失誤機車朝內側側倒。機車留在當場，騎車的人卻在離心力的作用下被拋向遠方。戴得鬆鬆的安全帽整個摘下般脫落，然後每在坡上滾動一圈就在柏油路面上敲一次——想像的情景與屍體的損傷狀態並沒有出入。古手川本身也相驗過琢郎的屍體，但除了頭部的裂傷之外，全身也留下了多處擦傷。看起來確實是滾落長坡時形成的傷。

「和機車的損傷比起來，騎車的人損傷嚴重很多也不稀奇。因爲機車是鐵打的，人卻是薄薄一層皮包住水而已。」

「小山內先生講話也滿不留情的。」

「因爲人體其實很脆弱，這樣的例子我看太多了。沒辦法。」

這厭倦至極的話，光聽都令人憂鬱。古手川自己也半斤八兩，無數次面對失去原形的屍體，就會陷入錯覺，好像對人體的敬意一點點被磨滅。

他忽然想起眞琴。她到法醫學教室兩年多了，對人和人體的想法是不是也有所改變？

「老實說，這樣好像轄區的判斷被質疑，感覺不太好。叫我們懷疑自己人的判斷是縣警本部一致的想法嗎？還是渡瀨警部的建議？」

小山內的話意外尖銳。大概是比較習慣古手川了吧。和自己熟起來之後，對方首先出現的態度不是抗議就是抱怨。

「就只有這個案子而已。」

「我想知道爲什麼？」

「我查了水口仙彥，發現他相當可疑。他去年給兒子買了高額壽險。」

「我都不知道。」

「作父親的說擔心兒子愛飆車，找了保險業務，半強制地簽了約。因爲怕出什麼意外險負擔不來的車禍，又另外買壽險，這件事本身並沒有什麼可疑的，但當人死了，就讓人忍不住想懷疑了。而且理賠金的受益人又是父親。」

「死亡時可以領到多少理賠？」

「五千萬圓。」

「雖然不太好意思用錢來換算人命，不過這金額很微妙。如果上億就眞的很可疑了。」

「反過來說，也可以說就是因爲是這個金額才不至於遭到懷疑。五千萬圓是一筆巨款啊，對一個背著這麼多債的人來說。」

「水口仙彥有這麼多債務？」

「他是種草莓的沒錯吧。前年這一帶受到颱風風災，很多農作物都落果對吧？」

「是啊。大部分青果農家都受到很大的打擊。」

「水口家也不例外，爲了塡補災損、建設新溫室，他向農協借了三千多萬。再加上他老婆的醫藥費也不能小覷。可是他指望的獨生子卻天天只知道騎機車。剛買的保險、債務、不能指望的兒子。這三個湊齊了就役滿貫了啊。」
「可是每一項都不過是狀況證據。法院總不會這樣就發逮捕令吧？」
小山內的看法再合理不過，古手川現在手裡的懸案正是如此。看水口夫婦的反應，他們會同意解剖的可能性爲零。剩下的手段，也只有搜集物證再提新法解剖了。
好啦，接下來該怎麼做呢？
從下方仰望坡道，只見一條筆直的路無盡延伸。古手川十多歲的時候，也曾經騎過一陣子的機車。立志當警察之後就沒碰了，但每次看到騎在路上的騎士，心頭便會泛起一種類似鄉愁的感覺。據說年少時的愛好會延續到中年，看樣子倒不是唬人的。
這時，一個想法突然閃過。
古手川趕緊思考效果。雖然不可能成爲物證，但可以用來作爲說服的材料。可是要說服也伴隨著風險。到底有沒有冒險的價値？
「古手川先生。」
被人一喊，古手川才回過神。
「這樣實地勘驗算結束了嗎？」
「啊，結束了。多謝。」
和小山內一起坐進警車之後，古手川還是想試試看。

「我可能有件事要拜託你。」

古手川他們接著拜訪的是「安心護理」。時間已過傍晚，正值職員紛紛從簽約用戶家回公司的時刻。

「找我有什麼事嗎？」

宍戶打從一開始便無意隱藏他的戒心。

「是想再請教你一次。你是益美女士的照服員，而且是水口家的親戚。有些不好問水口夫婦的事情或許可以問你。」

「又要認定琢郎不是死於車禍嗎？」

「因為有些疑點。對了，所謂的親戚，是什麼關係？」

「水口仙彥是我表舅。」

一問之下，原來宍戶的雙親很早就相繼去世了。

「幸好當時我已經找到照服員的工作，生活不成問題，但當時受到表舅、表舅媽很多照顧。」

「可是現在是你在照顧益美女士，所以是報恩了。你是用比規定更低的報酬提供服務嗎？」

「就是抽時間幫忙做飯洗衣服而已。畢竟還是公司的工作。」
「那你就是一直工作沒得休息了？」
「親戚啊，有困難的時候要互相幫助。」
宍戶說，顯得有點火大。
「您到底想要問什麼？」
「水口家的感情。」
「他們兩位不是跟刑警先生說過了嗎？」
「不容許兒子沒有正職工作的老派父親，對獨生子有溺愛傾向的母親。的確有問題，但家家有本難唸的經。就這個觀點來看，可以說是很一般的家庭。」
「聽起來有點像偏見。」
「我想問的是這以外的事情。作父母的，或是琢郎有沒有別的問題？」
「什麼叫作別的問題？」
「例如經濟上的問題，感情方面的問題。」
「您刨根掘柢就是要問那些？」
「不用勉強，就你知道的、感覺到的就可以了。」
宍戶露出明顯不悅的表情。這是基於對水口夫婦的敬愛還是對古手川的厭惡，就不得而知了。

宍戶遲遲不開口，古手川便切換到別的問題。

「琢郎是什麼樣的人？」

「我們小時候常一起玩，但本來就不同校，交情沒有那麼深。」

「他眞的像他父親說的那樣沒有生活能力嗎？」

「琢郎沒能找到正職的工作也是運氣不好。遇到就業冰河期，即使大學畢業也找不到正職工作的人比比皆是。高中畢業的就更不用說了。」

「他們家裡是不是經常爭吵？」

「我沒有和他們住在一起。」

「不住一起，也知道經濟上是不是窘迫吧？」

沒有回答。這陣沉默應該可以視爲肯定。

「水口夫婦因爲前年颱風風災背了大筆債務，你知道嗎？」

「……那和這次的事故有什麼關係嗎？」

「有沒有關係就要由我們來判斷了。殺人，而是殺害血親，是重大犯罪。」

「這一點我同意。」

「光是感情上的衝突，不至於會付諸實行。經濟上的理由也一樣。但當兩者同時存在時，門檻就會大大降低。」
「刑警先生無論如何就是想要把舅舅、舅媽塑造成凶手就是了。」
「我們的工作就是將可能性一一刪除。」
「在我看來，這工作很可憐。以懷疑別人爲起點的工作。」
宍戶對古手川投以憐憫的視線，但緊接著又別過臉。
「不好意思，沒有我幫得上忙的地方。」
他丟下這句話，就往後面去了。
「失敗了啊。」
佇在旁邊的小山內出言安慰，
「即使是甥舅，沒住在附近的也沒辦法知道人家家裡的情況啊。」
「會嗎？我倒是覺得有跡可循。」
「有跡可循。哪有？」
「剛才的對話你都聽到了吧？親子之間爭執不斷、水口夫婦經濟上有困難，這些
他一次都沒有否定。」

03.

「眞琴醫師會急救那些的嗎?」

古手川一進法醫學教室就這樣問。雖然最近只處理屍體,但原本以臨床醫師爲目標的眞琴有點光火。

「什麼叫急救那些的?還那些的呢。我好歹也是有醫師執照的。」

「抱歉抱歉,我是想先確認一下以防萬一。」

「以防萬一?有什麼人必須要急救嗎?」

古手川往自己的臉一指。

「古手川先生,你受傷了?」

「沒,現在還沒有。是想說既然要急救,眞琴醫師比較好說話。」

雖說他們共同處理案件已經很久了,至今這人的言行還是會讓眞琴頭痛。敢隨便拜託自己就算了,預約急救又是在打哪門子主意?

「Perhaps,古手川刑警,你是要強制搜查日本黑手黨黨部?」

在旁邊聽兩人交談的凱西很快便來搗蛋。

「是槍戰嗎?還是有人會拿武士刀砍你?那的確不能沒有急救。」

「請不要講得一臉很期待我被打成蜂窩或剁成肉醬的樣子。負責幫派的是四課，我是一課的。」

「是喔。」

「我就說，妳爲什麼一臉遺憾的樣子？」

再讓他們扯下去事情不會有進展，眞琴便介入了。

「反正是那種一問就會傻眼的原因吧？」

「對。保證會傻眼，所以最好不要問。」

古手川自信滿滿地昂首挺胸。簡直就像對自己的惡作劇自豪的小學生。

「是什麼原因？」

這番鋪墊就是爲了引起她們的興趣吧？古手川一副「問得好」的樣子開始說。

二十七日，秩父市山田的山中發生了一起機車自撞事故。雙親不希望兒子解剖，想及早火化。但古手川對兒子投保的五千萬圓壽險和父親的債務耿耿於懷，傾向於解剖。

「我大致明白了。但是，古手川先生想解剖的原因就只有這樣嗎？」

「必須償還的債務和兒子死了就能拿到的錢，光這兩項就夠讓人懷疑了。」

「只有這樣嗎？」

眞琴繼續追問，古手川尷尬地搔頭。

「我好像沒資格說他們家人之間處不好，但我就是不爽那對父母的反應。獨生子機車車禍都撞破頭了，是傷得很嚴重沒錯，但會這麼急著想要火化嗎？」

「每個家庭都有自己想法和作法吧。」

「普通人最起碼會希望陪在屍體旁邊，等心情整理好吧？當然我能理解他們想火化的心情，但我覺得那對父母有點太極端了。明明親子關係又不算好。」

眞琴思索了一下。古手川絕對不是一個無能的刑警。光看他過去的工作表現，眞琴認爲不僅不無能還很優秀。

但另一方面，青春期便遭逢家庭離散的古手川，對於親子之情有反應過度的傾向。他本人也有此自覺，所以也才會有點沒自信吧？

「無論如何，如果沒有犯罪嫌疑就不能進行司法解剖。難道，你又想搬出新法解剖？」

「妙答。應該說，除了這個沒別的辦法。」

「可是，聽古手川先生說的，沒有物證，這樣你能說服秩父署的署長和縣警本部長嗎？」

「至少要有補強材料，不然我覺得不可能。好比水口琢郎的事故是僞裝的，或是父母曾經有殺人動機之類的，要有能夠切入解剖的材料才行。」
「可是照你說的，沒有這些吧？」
「嗯。所以我想自己弄出來。」
眞琴有種非常不好的預感。畢竟這個人擁有警察手冊和手銬，卻又像個愛作怪的小鬼。有時候會做出一些無視於良知和邏輯的言行，絕對不能大意。
「古手川先生，你到底打算做什麼？」
實驗——古手川不以為意地說。
「秩父署交通課所假設的狀況有沒有漏洞？做實驗來驗證最快。」
眞琴覺得自己聽到一個人有條有理地胡說八道。
「不會吧？」
「沒錯。我要重現實際的事故狀況。」
「重現事故狀況？那誰要騎機車摔車？」
古手川再次指自己的臉。
「別看我這樣，我當壞小孩的時候可是騎著七五〇的重機到處跑。」
什麼叫別看我這樣，你現在怎麼看也是壞小孩。
「七五〇是排氣量七百五十CC以上的機車對不對？你有那幾百年前限定解除的

駕照？」

「別傻了。考到照再騎車就不叫壞小孩了。啊，我現在是有駕照的，不用擔心。」

「……虧你這樣還能考上警官。」

「因爲我也沒有違規紀錄啊。」

你的驕傲是驕傲在這裡嗎？眞琴眞不知道該從哪裡吐他的槽才好，但想起了最需要確認的一件事。

「實證說起來簡單，但眞正的車禍是死了人的吧？」

「嗯。我當然不會傻到爲了實驗連命都不要了。」

「我覺得現階段這個主意就已經夠傻了。你問我會不會急救，也是知道有受重傷的可能性對不對？」

「救生網當然要先準備起來啊。」

「爲什麼我得當古手川先生的救生網？」

眞琴也知道自己的語氣很衝。其實眞琴自己的個性也與冷靜沉著相距甚遠，一旦遇上古手川，常常會不知不覺被他影響。

這時候以絕妙的時機介入，便是凱西的本事了。

「這不是很光榮嗎，眞琴。古手川刑警是說，他把命交在妳手裡呢。」

「不，凱西醫師，我可沒有那麼說。」

「跟說了是一樣的。如果沒有深厚的信賴，不可能會把別人牽連進這樣的危險。」

眞不知道是褒還是貶。

「而且啊，眞琴，以前我也說過，我的國家的醫檢局是以槍擊動物屍體來收集彈道數據的。古手川刑警的提議是本著這樣的實證精神，不得不說非常符合邏輯。」

「哪裡合邏輯了？這種叫作輕舉妄動。」

「Ｏｈ！好難的四字成語。不說日常用語，別人會聽不通的。」

這種話妳也好意思說？

「我之所以倚靠眞琴醫師和凱西醫師，還有另一個理由。」

古手川帶著苦惱往這邊看。

「法醫學教室處理的車禍死亡的案子不少吧？」

「有些月份還是最多的。」

「這就表示，妳們這裡累積了很多車禍事故對人體影響的相關數據。換句話說，妳們應該最清楚要採取什麼防護措施才安全對吧。這是逆向發想。」

他臉上寫著我很聰明，快誇我。

什麼逆向發想！這種的叫後手翻亂想才對吧！

「也難怪妳會有點驚訝。」

古手川過意不去地窺看眞琴，

「那對父母看起來實在不像是了卻死去的水口琢郎的遺憾。肯聽他的冤屈的，就只有我們了。」

「Good Spirit！」

凱西豎起大拇指。

「所謂耳濡目染。古手川刑警常跑我們法醫學教室，也漸漸被 Boss 的信念附身了不是嗎？我們不能違抗 Boss 的信念。對不對，眞琴？」

眞琴想不出怎麼反駁。

第二天，古手川與法醫學教室那兩位，加上秩父署交通課的小山內，出現在山田的事故現場。

機車翻覆現場，正是U字型的髮夾彎，可能是不止肇事機車，其他車也在此緊急煞車，因而留下了許多凌亂的胎痕。

「我是宣稱現場實證才取得了許可，」

小山內一臉頭痛地抱怨，

「結果被上面瞪，說轄區都已經判斷沒有犯罪嫌疑的案子卻又要去現場實證，是在想什麼。」

眞琴太懂他的心情，但自己也無能爲力。

「那個，我們也是被牽連的。」

「被牽連的啊。」

小山內的視線盡頭，站著正專注看著琢郎屍體照的凱西。那張雖熱切又帶著一絲賊笑的臉，實在不像被牽連的被害者。

「小山內先生，雷達和目標點標識都準備好了嗎？」

將眞琴她們牽連進來的古手川說，一副完全不管麻不麻煩別人的樣子。看他一身裝備，眞琴又不安起來。

簡直就像穿了好幾件羽絨衣似的，胸口、手臂都又圓又粗。全身卡其色更醞釀了危險氣氛。

古手川解釋這是防爆防護服，是爆炸物處理組在處理作業時穿的防護服，整套衣服都經過強力的耐壓處理。問了才知道他是從縣警的爆炸物處理組借來的。

「即使受到衝擊，也可以減輕到沒有穿的百分之一以下。光這樣還是不安，所以我裡面又穿了防彈衣。」

抱在身側的安全帽，一眼就看得出比騎士用的更大更堅固。護目鏡也很大，充分確保視線。不僅如此，防護服的領口也將側頭部和後頭部完全覆蓋起來。不知情的人看了，還以爲要上哪個戰場。

「好吧，至少雷達比那身裝備輕便。」

小山內指指設置在路肩的固定式測速器。這個測速器會逐一將機車的速度傳給古手川。

雖然料得到他會怎麼回答，眞琴還是不能不問：

「眞的不會有事嗎？」

不安的原因不僅止於那愼重其事的防護衣。古手川身後等待出場的是賽車級的機車，那流裡流氣的噴漆呈現出幼稚和凶惡。這輛機車便是被害者實際騎乘的那輛緊急修理好的。雖然擔心水口夫婦介入，還好被當作肇事車由秩父署保管。

「不管怎麼看都不是正經的大人的交通工具。」

眞琴的意思是消遣古手川，說他自己不正經，但他恐怕沒聽懂。

「我本來是想準備相同排氣量的類似車款，不過既然要實驗，還是用本尊取得的數據才準吧。」

「不，雖然機車也是，但我說的是古手川先生。我們雖然做了急救的準備，但頸骨骨折或腦挫傷是沒得急救的。」

「安啦。」

「你哪來這毫無根據的自信？」

「當然是從眞琴醫師妳們這裡來的啊。」

古手川回得理所當然，

「如果沒有浦和醫大法醫學教室，我再大膽也不敢幹這種事，也不會想到這個主意。」

眞琴忍不住把本來要說的話吞回去。被仰賴到這種程度，叫人怎麼好意思再凶他？

「……我們會盡力協助。可是，請回答我一個問題。」

「好的，請問。」

「刑警的工作，非這樣拚命不可嗎？」

「唔，跟在那樣的上司底下，自然而然就會吧。」

說詞是認命卻又有幾分高興。

「徹底放手去幹，直到能過自己這一關。既然經手的是一個人的生死，就要做到那種程度才對。只不過是我們當作規範的人特別優秀，不懂什麼叫妥協，又沒常識而已。眞琴醫師不也是這麼想的嗎？」

眞琴只能點頭。

實驗的目的，是驗證小山內他們交通課交通搜查係的判定是否妥當。在各條件與事故當時極接近的狀況下，與實際的機車翻覆位置、騎士墜落的落點、破損情形做比較。如果在誤差範圍內就算了，但若出現致命的差異，便有懷疑判定的餘地。

「那我過去了。」

防護服與機車的組合實在太過突兀，眞琴怎麼也看不慣。據說已經十年沒跨上機車的古手川一踩，那痞氣的機車立刻咆哮著醒來。應該是練習過好幾次吧，只見古手川穩穩地騎著機車爬上坡道。

小山內看著他遠去的背影，嘆了一口氣。眞琴陷入了自己給人添了麻煩的錯覺，不禁低下頭。

「我看，小山內先生好像也被牽連進來了？」

「一點也沒錯。爲什麼轄區刑警要親自驗證自己的判斷有誤啊！」

「你生氣了？」

「當然啊。」

「可是，你也幫了忙，連測速器都拿來了。」

「就是啊。我這次肯定會被我們課長叮得滿頭包。」

「那，你爲什麼要幫忙？」

「醫師啊，我們雖然部署不同，同樣都是刑警。當你的同事都在面前把命拚了，你怎麼能不幫忙呢？」

「像是同袍情誼那樣？」

「倒也有些不同。怎麼說啊，古手川先生有一種奇妙的說服力。像是用歪理逼退道理那種的。渡瀨警部能夠驅使這樣一個部下，讓我更加好奇。」

小山內與眞琴他們在翻覆地點的髮夾彎三十公尺前待機。他們看準了即使人和機車滾落，也不會砸到那裡。當然有一段路已經禁止通行，也不會有礙事的對向車輛。

我想法醫學教室的人都知道——小山內以此爲前提。眞琴心下佩服，認爲他是一個能夠體諒對方無知的人。

「從胎痕和車體的重量，可以算出煞車那一瞬間的速度。而這次，被害者水口琢郎在彎道前已經減速到五十公里卻沒轉過去，機車當場翻覆，騎在車上的人在下坡的助長下滾了將近二十公尺。在柏油路上拖個二十公尺，人體會遭到多少破壞，我想應該不用我說明吧。」

「防護服的重量會不會影響數據的採集？」

「那個實際上比看起來輕得多，可以忽略。」

「既然是正經要採集數據，本來不是應該要試個十次、二十次嗎？」

眞琴旁邊的凱西說的話很駭人。

「醫檢局的彈道實驗是朝著動物屍體開好幾槍。」

「請不要把動物屍體和古手川先生拿來比。」

「不同樣都是檢體嗎？」

凱西一副都這樣了還有什麼好說的表情。好歹愼重其事地抱著一套急救裝置，但如果誅心一點，也許她只是想看到流血而已。

「眞琴，比起古手川刑警的人身安全，現在我們還是祈禱能夠採集到有效數據吧。否則他的犧牲就沒有意義了。」

「拜託不要這個階段就說什麼犧牲！」

「兩位，談完了嗎？已經準備得差不多了。」

小山內客客氣氣地插進來，兩人便閉嘴了。

「雷達準備完成。可以隨時開始。」

小山內以無線電發出指示。

就要開始了。眞琴向坡道投以祈禱般的視線。
兩側茂密的樹林裡，不時傳出白腹琉璃的叫聲。日頭還很高，山頂吹來的風撫上汗濕的肌膚。無比平和的風景下，正在進行的卻是死亡事故的驗證實驗，眞琴體會箇中的違和感。
不久，機車聲從坡上傳來。與上坡時不同，速度快很多，引擎發出猙獰的嘶吼。聲音極爲高亢，十分刺耳。
「現在時速七十公里。」
小山內複述來自古手川的通信。
「好。距離現場還有一百公尺。請在十公尺前急煞降速到五十。」
引擎聲又拉得更高了。
體感時間格外漫長。一秒感覺起來像十秒。
機車的身影終於出現了。一身卡其色的古手川朝著髮夾彎疾馳而來。
出事的髮夾彎之前的路段雖然曲線相對緩和，坡度卻更陡。因爲是下坡，即使不催油門速度肯定也會自然加快。眞琴沒有騎過機車，但猜想多半和雲霄飛車直接墜落的感覺類似。
然而，那安穩的想像也隨著古手川的機車靠近而被趕跑。機車來勢洶洶，要是撞上什麼保證會受重傷。

距離髮夾彎二十公尺。

十五公尺。

十公尺。

「煞車！」

小山內的聲音劃過半空。

那一瞬間，輪胎悲鳴聲大作，機車內傾著進入髮夾彎。

接下來彷彿看著慢動作。

機車將輪胎擠壓到極限後翻覆，引擎的臨終與破碎聲。跨坐在坐墊上的古手川被拋到半空中，卻沒有落在柏油路上而是飛到護欄之外。

「古手川先生！」

這樣喊完，眞琴才發現那是自己的聲音。

翻覆的機車因爲慣性在坡道上往下滑了一小段。但眞琴一心只在乎古手川的去向。手撐著護欄朝下方看。要是運氣不好是懸崖峭壁，就連急救都沒得做了。

「古手川先生！」

這一聲喊的同時，她發現古手川就在眼前五公尺下方。

「唷。」

掉到下面的古手川身體被伸展出來的樹枝勾住了。

「……你的狗屎運眞強。」

「大家都這麼說。」

小山內也從旁邊探頭出來。

「大家？你每次都這麼亂來嗎？」

「今天還算節制的。」

「眞是的，你身體是怎麼長的啊。」

在小山內與眞琴的援手下，古手川以歷經千辛萬苦的樣子被拉上來。回頭一看，三人手忙腳亂期間，凱西已經確認好機車滑落的位置了。

「挑戰是値得的，cowboy。」

凱西開心地指指翻覆的機車，然後回到測速器設置地點，要他們看顯示螢幕。

上面顯示的速度是五十一公里。

「事故發生時的條件古手川刑警幾乎都符合了。機車的破損狀況也重現了事件內容。」

「眞的呢。」

隔著凱西看現場的小山內比較著他帶來的現場照片，呻吟般說，

「只有一點沒有重現。」

脫下安全帽的古手川一副疲累的樣子在路肩坐下來。眞琴要他脫下防護衣，檢查他的身體有無異狀。所幸沒有撞傷或骨折的症狀，再次驚嘆於古手川的好狗運。

「機車本身的動線和預期一樣，騎的人卻差了十萬八千里。我從體感就知道了。機車是往內側倒了，身體卻因爲強烈的作用力向外側飛出去。就像你們剛才看到的。如果不是一開始就打算放倒機車，身體是不會向內側倒的。如果操作龍頭想轉彎，就會像我剛才那樣。」

「水口琢郎會不會是在被拋出去之前都一直緊緊抓住龍頭？那樣的話也可能會拋到內側。」

「不是的，眞琴醫師。熟練的機車騎士在摔車瞬間，都會放開龍頭。若是身體先落地就有可能被機車拖著走，而且手伸到最長又握著龍頭，油門會一直開著，也有被後輪輾過或被捲進鍊條的危險。水口琢郎騎了十七年的機車，應該也摔過一、兩次。摔車瞬間放手的避險行動，身體比頭腦記得還清楚。」

「那麼，那起事故……」

「很不自然。至少，水口琢郎不是死於機車翻覆。有其他原因。」

既然如此，交通事故報告就要重寫——正說到這裡時，小山內僵著一張臉宣告：

「上次提出的報告我已經卽時撤回，向署長建議進行司法解剖了。」

眞琴他們還愣著，小山內就別過臉繼續說：

「我不想再更丟臉了。」

04.

『水口琢郎的交通事故死亡有疑點』

小山內重新提出的報告立刻送到秩父署署長手中，向縣警本部聯絡後，進行司法解剖的手續。過程之快令眞琴不知所措，但聽說是小山內以猛虎出柙之勢幫忙，也就明白了。

一旦確定要解剖，之後就很快。雖然死亡證明已經出來了，但幸好火葬場的時間無法配合，所以琢郎的屍體仍安置在家中。

古手川帶著眞琴和凱西造訪水口家，表明送解剖之意，仙彥在門口就突然爆怒。

「解剖是什麼意思？」

「您吼也沒有意義啊。警方的決定事項卽使是家屬也只能請您配合。」
「所以你們就要把兒子從我們眼前搶走嗎？」
聽到吵鬧，益美也坐著輪椅來了。
接下來的情形眞琴一點也不願意回想。在古手川與水口夫婦反覆爭執中，眞琴她們與隨行警察一起開始搬運琢郎的屍體。
大概還是做母親的直覺發威，在正要運出屍體時被發現了。但益美行動不便，仙彥又在對付古手川無法阻止。結果，他們是強搶豪奪的形式把屍體運到法醫學教室的。
「可是，還是會有罪惡感。」
在前往法醫學教室的車上，眞琴對開車的古手川說。每當想起水口夫婦的激動，就想確認己方的正當性。
「死亡事故有疑點是確然無疑的，也不能無視翻覆時有其他因素作用的可能。要是解剖沒有任何發現，就是讓那對夫婦白白遇見一樁糟心事而已。」
回答的是坐在後座的凱西。
「做都做了，眞琴。我還以爲妳已經告別這種矛盾糾結了。眞琴不是連好友的解剖都經歷過了嗎？」

「可是，被人家在眼前那樣鬧……那對父母一副很有可能要來追運屍車的樣子。」

「妳是說，至少要聽聽他們的說法嗎？」

「我是覺得，花時間說服也是一個選項。當懷疑事件有犯罪嫌疑時，無視家屬的意願趕著解剖的例子雖然不少，可是這種事情一直發生，人們對司法解剖的信賴好像會越來越淡薄。」

「胡說八道。」

凱西毫不留情地一刀斬斷她的話，

「人們對法醫學的信賴不是要爲家屬情感服務。是爲了查明死因，努力撲滅犯罪和意外，回饋於臨床醫學。」

用不著凱西說明，眞琴也深知司法解剖的意義。但是知道和接受是兩回事。腦子理解但感情排斥也不奇怪。司法解剖永遠是邏輯與感情的互搏。

「妳搞錯對象了。」

「咦？」

「比起家屬的聲音，我們更應該傾聽死者的聲音。活著的人不用管他們，他們自己也會開口說話。可是如果我們不豎起耳朵仔細聽，死者一個字都不會跟我們說。」

抵達法醫學教室後，眞琴和凱西立刻將屍體送往解剖室。她們已和光崎聯絡，等準備好就動刀。

「最近我常覺得，眞琴醫師和凱西醫師都是很能幹的軍隊啊。」

看著兩人俐落地準備，古手川佩服地低聲說。

「軍隊是什麼意思？」

「訓練有素，只要光崎醫師一聲令下，就採取行動，一個多餘的動作都沒有。這完全就是軍隊啊。」

「不行嗎？」

「我覺得很厲害。能夠沒有一個多餘的動作，是身體比腦袋更記得下一步應該做的行動。」

被人這麼一說，眞琴倒也服氣。無論有多少煩惱和不滿，只要依照解剖的程序採取行動，就會神奇地平靜下來。遵照光崎醫師的指示做事，會充滿一種思考中的雜質被清除掉的解放感。古手川說她們是訓練有素的士兵，這個比喻或許也不算錯。

在固定的時間內將固定的器具放置在特定的地方，讓人心情舒暢。聽說自衛隊的軍官也有類似的傾向。這麼說起來，自己果然也是一個訓練有素的人。

不是自嘲，而是自豪。

不久準備完成，司令官便打開解剖室的門登場。他個頭嬌小，但身高不是問題。他全身散發出的威壓感讓周身的空氣緊繃，每向解剖台靠近一步，眞琴就更緊張一分。

眞不知那樣的力量到底藏在年老的身體的什麼地方。光崎朝屍體表面看了一眼，扶起上半身確認背後的狀態。拿著相機的凱西隨著光崎的視線一一拍攝體表。

屍體上留下了無數瘀痕和擦傷。那是在柏油路面的坡道上摔跌無數次的傷痕。從傷痕的數量之多可知所受的衝擊有多嚴重。但他本人應該沒有時間感覺疼痛。他在受到無數擦傷時，頭部受到了致命傷。

失去顏色的皮膚上浮現的無數變了色的傷痕，看起來一點也不健康。但當視線轉移到頭部，就覺得那斑斑點點的體表已經算是很健康了。以柘榴來形容雖老派，但當親眼看到實物，只能佩服這個比喻著實貼切。頭蓋骨從頭頂至頭側整個剖開，急救中心的責任醫師應該修復過了，但終究是急救措施。部分溢出的腦漿乾涸了，本來接近半透明的淡褐色變成了深粉紅色。多半是摻雜了血的關係。

結束觀察體表後，光崎將屍體復原，再次俯視。

「那麼開始解剖。屍體是三十多歲男性。體格良好。表面有許多撞傷與擦傷。屍斑多在背面，雜有溢血點。右上臂屈曲。應是外部壓力造成。手術刀。」

拿起手術刀的那一瞬，光崎便從司令官搖身一變成爲前線的隊長。意識附身在刀尖，正確無比地劃開屍體的皮膚。

光崎的手術刀首先朝向頭部。仔細解開幾近於湊合的縫合痕讓頭蓋整個露出來，顏色變得詭異的腦漿便溢出來。

手術刀忽然停止動作，取而代之的是光崎以手指摸過裂傷的邊緣。

「頭部裂傷沒有生活反應。」

原來如此——眞琴明白了。應是致命傷的腦挫傷是死後才形成的。換句話說，在撞到柏油路面之前，本人就已經死了。

接著光崎切開胸部。雙手伸進手術刀劃出來的細線中，使勁左右打開。頓時冒出了幾乎令周遭空氣爲之扭曲的臭氣，與之同時出現的，是好幾根斷掉的肋骨以及泡在積血裡的內臟。折斷的肋骨和腹腔內出血的肇因肯定是撞擊。

仔細抽出妨礙取出內臟的血液。抽出來的血保存在圓柱型容器中，部分送檢。

但用不著驗血。

光崎的視線落在一個內臟上，毫不猶豫地摘出來。

是肝臟。

因死後已超過二天，內臟當然會變色，但那不是一般程度的變色。黑得異常。

「切開肝臟。」

將肝臟切開一看，內部更是深黑。顯然不是健康狀態下的肝臟。眞琴用金屬盤盛了肝臟，愼重地切除內壁。

接著，陸續檢查其他消化器官，但除了肝臟以外，沒有找到什麼異常。病灶十之八九在肝臟。

「變色的原因可能是毒物造成的。」

光崎的聲音朝著切除了組織的眞琴射過來。

「因爲積存在肝臟，很可能不是混入血液，而是經口吸收。刺激性小，褐色並且爲水溶性。多半是殺蟲劑的一種。」

縫合後，將肝臟切下的組織進行藥物分析，驗出了光崎所指出的毒物。果然是農藥的一種，這種藥的特性是本身毒性不強，但與肥料混合便效力加倍。

得知了解剖結果，古手川帶著眞琴再訪水口家。但即使告知了歸還遺體之意，夫婦倆仍沉著一張臉。

「怎麼了嗎？終於可以將令郎送火化了呢。」

仙彥還只顧著嘔氣。

「……你們解剖把他的身體到處亂割、內臟亂掏對不對。他都受了那麼重的傷，卻被當成爲所欲爲的玩具。太可憐了。」

「您說得很嚴重，但內容卻不對。是的，身體是被動了刀，內臟也徹底檢查過了。這才終於知道你們爲什麼急著火化。你們是怕被驗出他體內的農藥吧。」

古手川開始說明的同時，眞琴便悄悄離座。她去的是蓋在主屋旁的農機具小屋。首次造訪時，古手川就盯上這裡了。

不出所料，小屋沒有上鎖。多半是因爲建在自己的土地上，放的又都是被偷了也沒什麼損失的東西。

裡面整理得頗爲乾淨。農機具立起來靠著牆，農藥類也整整齊齊擺在架上。不需要多少時間就找到了目標物。眞琴將東西收在塑膠袋裡，回到古手川那邊。

「動機一開始就很淸楚，是爲了用兒子的保險理賠償還因爲風災借的債務。但保險是去年買的，自殺算是免責事項不理賠。若是明晃晃的殺人，你們又會頭一個被懷疑，打草驚蛇。所以你們只能佈置成車禍來殺他。」

以停頓作爲信號，眞琴將塑膠袋遞出來。古手川從中取出的是一個裝了農藥的容器。

「水口先生是種草莓爲業對吧？」

「是啊，我之前就說過。」
「聽說蚜蟲是草莓的天敵？」
「每逢春秋都會大量出現。草莓是一年四季都種的，所以每年必須驅蟲兩次。」
「所以這一帶的草莓農家都不得不使用農藥。雖然也有農家想做無農藥，但除了蚜蟲，還有西花薊馬這種害蟲，只能以化學農藥驅除，所以結果還是要靠農藥。這個好像就是主要的藥劑。」
古手川得意地指容器的標籤。
「顆粒水和劑，Aminoquinazoline。這是褐色水和性細粒，對有機磷感受性低的害蟲也有效。若大量經口攝取對人類也有害，但與肥料混合後威力倍增。然後，屍體的肝臟被驗出和這個一模一樣的毒。是誤喝、誤食的程度絕對攝取不到的量。」
水口夫婦連聲音都發不出來了。只是拿絕望黯淡的眼睛朝向古手川。
「當然，坡道上發生的自撞事故是偽造的。水口先生，兒子騎機車你罵得狗血淋頭，可是你自己倒也拿到了中型機車的執照啊。」
這種事一查就知道。仙彥仍不作聲。
「我接下來說的推測要是不對的話請告訴我。首先，你們用農藥毒死了琢郎，再用小貨車將屍體和機車運到坡道。你騎機車故意在現場那個髮夾彎翻車，留下胎痕。

然後，把屍體放在小貨車的車斗上，直接倒車下坡。接著在髮夾彎結束的地點緊急煞車。屍體因爲離心力從車斗上飛出去，在柏油路面摔好幾下。全身都是傷，頭蓋骨破成兩半。別人怎麼看都是轉彎沒轉過去的自撞事故。小貨車的煞車痕混在以前留下來的煞車痕裡。可是就算這樣，被解剖的可能性並不是零，所以你才想儘快火化。」

水口夫婦還是沒有要開口的樣子。這種場合的沉默應該可以視爲默認。

「令郎的命沒有債務重要嗎？」

應該是無論如何都忍不住不問吧。古手川問了一個其實不是非常必要的問題。眞琴知道古手川的過去，她懂。古手川想問的是父母子女之間的親情。

益美終於自言自語般開始吐露。

「身體變成這樣，能夠依靠的就只有家和孩子。可是琢郎那渾小子每天只知道玩，一點都不可靠。」

「所以您就依靠錢？」

「因爲錢只要用得對，就不會背叛人。債務不還就沒辦法種草莓。種草莓比養小孩開心，最重要的是草莓可以換錢。琢郎一塊錢都沒有賺回家。」

「所以可以解釋爲您也與您先生共謀殺害令郎嗎？」

益美聽到問題卻顯得茫然。那一瞬間，眞琴甚至懷疑她是不是得了失智症。

「什麼共謀，也太難聽了。你看看我這身體。我連大小便都沒辦法自理。殺兒子、開小貨車什麼的，我怎麼可能做得到。」

然後她緩緩朝向丈夫。

「是這個人單方面告訴我他的計畫，我只是不得已保持沉默而已。」

「妳這是什麼話！」

仙彥立刻目眥欲裂。

「說讓琢郎喝農藥原液的，明明就是妳！」

「亂講。是你說的，要是還不了債務，一家三口就要喝西北風。可是要是死了琢郎一個，另外兩個就能活下來。」

「胡說八道！」

仙彥的怒火這次針對老婆。

「下毒之後，要用什麼方式僞裝屍體的確是我想的。可是最先說想殺了他圖個輕鬆的是妳。」

「你別仗著刑警在面前就亂講，這種謊話是騙不了人的。」

「妳這女人！」

兩人終於在眞琴等人面前展開壯烈淒絕的對罵。大概是認爲那是絕望之下的演技而不屑一顧，一開始古手川還冷眼旁觀，等到他們漸漸要上演全武行才加以阻止。

與其說是出於絕望，眞琴認爲說是事到如今的無奈更加貼切。這對夫婦終究是選了錢而罔顧親情。因爲愛自己，死到臨頭便互相推卸罪責也不令人意外。

只是令人感到空虛。

第二天，古手川照樣出現在法醫學教室。這人是不是把神聖的教室誤以爲是交誼廳什麼的？

雖然想抱怨個幾句，但看他一副很累的樣子，算了。

「怎麼了？該不會是摔車實驗的後遺症現在才跑出來吧？」

「好累。」

說完，古手川就近往旁邊的椅子一屁股坐下。

「我可要先聲明，法醫學教室不是古手川先生的休息室。」

「眞琴醫師要是聽那兩個人講的，也會跟我一樣累。」

「還沒招認嗎？」

「不是，後來找到證據，他們自己也沒辦法否認了。」

根據古手川的說明，仙彥的小貨車採集到琢郎的毛髮和皮膚。不止這樣，仙彥身上也有爲數不少的擦傷。

「他自己摔車的時候，身體還是被離心力帶走，所以撞上護欄擦傷了。算是自作自受啦。然後，在琢郎的飲食裡下毒，佈置成機車事故也都是仙彥幹的。這些，他們都認了。可是一說到是誰提出殺人的，到現在兩個人都堅持是對方。」

「這個，是能左右檢方的重要事項嗎？」

「動機是要用保險金來償還債務沒錯，所以可以送檢。只是，我無法接受。要是自己無法接受就不會結束。」

「好難搞的個性。」

「彼此彼此。對了，還有這次也無法找到與光崎醫師的接點。仙彥和益美都說沒見過也沒聽說過光崎藤次郎這個人。」

「這次也落空了。」

「不過沒有錯過犯罪事項。小山內先生打電話來，說秩父署有驚無險地得救了。」

所以就是等事情結束了才知道古手川的拚命有價值。雖然很希望他再也不要幹那種有如流露自殺意願的事，但沒有白費力氣應該算是好結果吧。

眞琴半是死心地嘆了一口氣。

這時候凱西來了。難得的是，她竟然眉頭深鎖。

「Boss的樣子不對勁。」

兩人一驚，看著凱西。

「光崎醫師怎麼了嗎？」

「剛才Boss問我，水口夫婦爲什麼要殺兒子。我說全都是爲了錢，Boss就露出很複雜的表情。」

「很合理啊，殺害親生兒子的動機是錢，像光崎醫師那樣的老人家都會皺眉頭，沒有例外吧。」

「No，古手川刑警，我擔心的不是這個。」

「不然是哪個？」

「到目前爲止，Boss在意過凶手是誰、動機是什麼嗎？就我的記憶所及，可沒有這樣的前例。」

Part 4

孕婦的聲音

ヒポクラテスの悔恨

01.

熱死了，靠。

乾脆來個熱傷害死一百個再說。

笠置汗如雨下，擦著額頭上流下來的汗，內心臭罵。七月過後，白天氣溫更高，現在氣溫比體溫還高的日子也不稀奇了。這種天氣叫人去跑外勤的公司應該依殺人罪起訴。

好熱啊，真的熱斃了。

簡直隨時會溶化的柏油路面升起驚人的水氣，讓站前的街景看起來都變形了。對了，印度同事路多拉不是還邊吃涼麵邊說「這麼熱的天，根本吃不下咖哩」嗎？連印度人都嚇到。

笠置想起這舊得掉毛的笑哽，自虐地笑了。

走出西川口車站，前往超市推銷日用品。那家的店長對人愛理不理的，不過幸好是本來就有來往的。這要是得敲門去談生意，簡直讓人不想做了。

本來，笠置就不適合當業務。他原先是隸屬於商品企劃的，這個春天的人事異動才突然被調到業務部。調動的理由他也知道。商品企劃部門有好幾個比笠置優秀的外國人。一旦人員重新配置，笠置被放出來就是自然的結果。

這天氣夭壽熱，我卻還要被迫去跑外勤，說起來都是那些人害的。

他馬的。公司幹嘛要請什麼外國人。明明是有員工才有公司。外國人再這樣多下去，還能叫日本公司嗎？

這裡是縣內外國人最多的西川口。中國人、菲律賓人、越南人、韓國人、巴西人。勢力最大的是中國人，西川口有一區甚至已經形成中國城。商店的招牌寫的是繁體字和簡體字，路上充赤著味霸和八角味。實在很難相信這裡是日本。

馬路上也是滿街外國人。在唐吉訶德店門前狂掃化妝品的中年婦女肯定是中國人，聚在AnAn店前的那群女孩只怕全都是越南人，剛剛從笠置面前切過去的幼稚園小朋友應該是巴西人吧？

啊啊，煩煩煩。這些人獨特的體味讓人想吐。刺耳的語言、看不懂的文字、異味、曝露的衣著，一切的一切都讓他噁心反胃。

就是因爲有這些人，西川口的治安才會不好。有人隨地丟垃圾，上次路肩甚至有用過的保險套。

炎熱和厭惡會剝奪人的良知。正當笠置陷入無可救藥的歧視中，走在他前面那個身穿緊身裙的女子開始左右搖擺。

這女的是怎樣？大白天就要在大馬路上起舞？

笠置只想敬而遠之，便拉開距離。卻看到女子停住，背對著車道蹲下來。於是他看出女子是年輕的菲律賓人。

然後這個蹲下來的菲律賓女子突然吐了。她一股一股吐出黃色流體，期間咳得厲害。

眞是的。半夜在人行道上偸偸吐就算了，現在可是大白天欸。你們連這點矜持都沒有嗎？

那樣子實在太難看，笠置正要繞過去的時候。

看到紅色的液體從她腳邊流出來，不由得停住了。

是血。

流出來的血不停地在柏油路面上散開，立刻形成一小灘血。

那一刻，他的歧視被轟到九霄雲外。

「妳、妳還好嗎？」

他跑向女子去幫忙。

然而正要碰到她的肩膀時，她的身體卻緩緩倒向地面。

啪喳。

嘔吐物與積血四濺。

笠置當場連喊人打一一九都忘了，站在那裡又驚又怕手足無措。

很快便有人圍上來。幾乎都是女性，中文、葡萄牙文滿天飛之中，笠置被人從倒地的菲律賓女子身邊推開。

不久，遠遠傳來警笛聲。

＊＊＊

『外國人滾出日本——！』

『繳稅、繳稅——！』

『沒資格領社會津貼——！』

眞是太難看了——看到電視螢幕上的示威抗議，眞琴短短地嘆了一口氣。雖然說國會前的實況轉播怎麼樣都會引人注意，但那些人看到攝影機就又是舉牌又是喊口號地盛大演出。實際上聚集的抗議人群並沒有那麼多，但像這樣一旦上了電視，就給人一種彷彿多數國民都排斥外國人的印象。

從什麼時候開始變成這樣的？眞琴心想。種族歧視和網路右翼這幾個詞早已不再新鮮。過去雖然一發生破獲不良外國人的犯罪就有人皺眉，但如此有組織的行動是這幾年才出現的潮流。

眞琴不太了解他們討厭外國人的理由。想必有他們自己的道理，但她怎麼聽都有牽強附會之感，只覺得是硬要給心裡的一股悶氣冠上一套理論。

她只知道，無論是誰被針對，那些針對的言詞都極其暴力，感覺不出一絲理性。既然言詞都暴力又反智了，便連帶使其主張的內容也顯得可疑。

眞琴本身並不認爲自己毫不歧視。自己也有優越感和自卑感。優越感與歧視眞的只有一線之隔。但至少在歧視外國人方面，她從來不曾在自己身上感覺到過。她對膚色與宗教沒有偏見，更何況職場上還有個操著離奇日語的美國同事。就算她令人深感好奇，卻又哪來的理由討厭、疏遠？

想起那位紅髮碧眼的同事，眞琴趕緊關掉電視。這種新聞他／她們看到心裡可不會舒服。

但偏偏怕什麼來什麼。

幾乎在畫面消失的同時，凱西進了教室。

「早安。」

眞琴打了招呼好掩飾尷尬，凱西則是冷靜地觀察眞琴。

「Good morning，眞琴。」

她不由分說地從眞琴手中拿走遙控器，打開電視。畫面裡依舊是排斥外國人的示威抗議。

瞄了一眼確認內容之後，凱西關了電視，面向眞琴。

「妳匆匆關掉電視，是不想讓我看嗎？」

「不是的，我……」

「眞琴不用介意。那種事每個國家都有。」

「我……」

眞琴話還沒說完，便被凱西打斷。

「我早就知道眞琴沒有種族歧視。妳不願讓我看不愉快的新聞我很感激，那種示威抗議，和我們西班牙裔在本國被種族歧視者欺凌比起來，簡直就像休閒活動。Of course，的確是很不愉快就是了。」

美國這個國家將自由平等捧爲國是的同時，至今種族歧視的問題仍根深柢固。眞琴並沒有聽凱西本人詳細說過，但還是隱約想像得到她在故國受過什麼樣的對待。

「怎麼說啊……眞的很丟臉。」

「眞是很眞琴的答案。不過，我沒有要責怪的意思，像眞琴這麼友善的人不算，很多日本人對我這樣的alien……日文是友善的異鄉人是嗎？看我們這種人的眼光和看他們日本同胞確實是不一樣的。」

「應該不至於吧。」

「我在日本也生活了很久，有些事是感覺出來的。日本人對日本人和非日本人是分開來看的，非關負面、仇恨那些情緒。就連在電車上，到現在還是有人盯著我的頭髮和眼睛看。他們的視線沒有惡意，所以一開始我也曾經很混亂。」

同樣身爲日本人，眞琴可以理解乘客很稀奇地看凱西的心理。因爲就像凱西說的，眞琴也有區分日本人與非日本人的傾向。

「也許這和日本是一個沒有與他國接壤的國家有關，我想，日本人可能不知道如何與非日本人接觸。這也反應在個人的人際關係上，因爲溝通能力不足的人會分成兩種反應，不是emotional（情緒化），就是formally（客套化）。日本人對外國人的反應，我認爲就是這樣來的。」

儘管凱西的考察有流於片面之嫌，但身爲日本人卻難脫其咎，所以眞琴無法否認。

「所謂的種族主義不是表面的東西，很多都是存在於當事人的下意識之中。但我認爲去譴責下意識中存在的東西是反應過度。Because，我對於區分日本人與非日本人沒有什麼意見。而且啊，眞琴，這其實很重要，日本人對宗教可以說根本沒有歧視。邪教不算，日本人對宗教是非常寬大的。」

「也有人說是隨便。畢竟全日本都在歡慶聖誕節的同時，生活中也離不開新春參拜和中元這些。」

「所以才叫寬大。印度教徒和回教徒結婚，而且身邊的親友還會祝福他們，據我所知這種事只發生在日本。如果說這是隨便，那我反倒認爲日本人可以爲這個隨便感到驕傲。因爲所謂的嚴謹，有時候也容易成爲攻擊他人的土壤。」

聽凱西這麼說，眞琴就放心了。

然後她想到。

包括自己在內的日本人在與外國人的來往上，還有待磨練。原因她可以猜想得到。會不會是因爲國土沒有與他國接壤，少有與其他國家接觸的機會，才會對別人怎麼看自己太敏感？新聞和電視節目之所以有很多觀察外國反應的單元，會不會也是來自於這樣的小心翼翼？

「可是，最近日本也開始出現低級的仇恨言論和露骨的排外運動。甚至，電視和網路沒有一天看不到仇恨言論。」

那只是小部分沒頭腦的人在作怪而已——眞琴本來要這麼說卻作罷。就算只是一小部分的人，但當他們的言行被當成新聞，就是有些人刻意想把事情鬧大。

「不過，眞琴，我對種族歧視者懷有一種憐憫。換個看法，也許我這也算是仇恨。」

「妳所說的憐憫是指道德上的嗎？」

「道德上的也有，但也有現實中的。現在的美國總統就是會在國情咨文中公開發表仇恨言論的人。支持他的白人至上主義者大多是被稱爲白垃圾的族群。翻譯過來就是貧窮的白人吧。當一個人經濟貧窮，精神也容易跟著貧窮。而精神貧窮的人往種族歧視靠攏也許也情有可原。因爲，我過得不好都是他們害的——怪別人人生比較輕鬆。種族主義不是邏輯，而是情緒的產物。這是我的想法，我認爲所謂的種族主義，是經濟上和精神上雙窮的人追求的綠洲。」

或許因爲自己身爲種族歧視的被害者，凱西說話時，平常的幽默往後退，言詞鋒利便突顯出來。這是被欺壓的人才懂得的怒火吧。

「即使在不同的國家裡，種族主義的結構也都很相似。這是一個非常不懷好意的看法，不過種族主義在日本抬頭，或許是窮人變多的關係。古代中國也有一句話，『衣食足而知榮辱（倉廩食而知禮節）』。以前的日本人就看透了種族主義的眞理，眞是叫人敬畏呀。」

最後是凱西平常的調調，眞琴聽了鬆了一口氣。

不，也許不應該鬆一口氣——眞琴轉念想。歧視的問題既廣，又深。凱西雖然願意擁抱這個國家，但現實是這裡也存在歧視，並且正漸漸在教育、文化，以及醫療範疇蠶食侵吞。尤其是醫療方面是切身的問題，而不同的國籍得到的治療水準也不同——想到這裡的時候，有人打開了教室的門。

「兩位都在啊。」

出現的是與種族歧視無緣，但只會以罪犯和非罪犯的二分法來區分人的古手川。

剛才還有些陰鬱的凱西頓時臉上放光。

「古手川刑警來了，就表示是來申請解剖的吧？」

「我沒帶屍體就不能來嗎？」

古手川不滿地噘起嘴，但凱西卻以那還用說嗎的表情點頭。

「刑警來法醫學教室，除了屍體還能有什麼別的事？還是說，古手川刑警有什麼私事必須來這裡嗎？」

凱西賊笑著看古手川無言以對，可見根本是在取笑。

「是要來請教有關屍體的問題，不過能不能送解剖要看努力的結果。」

古手川就近找了把椅子坐下，說起這天上午發生的案子。

上午十點左右，一名菲律賓女子在行經川口市西川口站前時在路上昏倒。該女子名叫史蒂芬妮・賈西亞・安卓達，二十八歲。來日本拿的是就業簽證。據目擊者說，史蒂芬妮走在站前突然嘔吐，才看她蹲下來就直接昏倒了。

「救護車趕來，但在送往醫院途中死亡。」

「死因是什麼？古手川刑警。」

「死因……川口署是以熱傷害處理。今天的氣溫高達三十七度，走路不穩和嘔吐是典型的熱傷害症狀，再加上死者有大量出血，但這一點也以生理期間容易熱傷害為由，並沒有多加懷疑。」

「奇怪了。」

這就連眞琴也表示有疑問。

「生理期間的確因爲會排出水分容易引起脫水症狀沒錯，可是……問一下，出血量大約多少？」

「據說在柏油路上形成了一小灘血。」

眞琴不禁與凱西對看。就算對方是異性，但對生理的知識竟然如此貧瘠，眞是讓她們瞠目結舌。

「古手川先生，詳細機制我就不多說了，但卽使發生熱傷害，一次生理期會出那麼多血是不正常的。」

「是這樣嗎？」

「要是每次都出這麼多血，每個沒有停經的女性都必須輸血了。」

「古手川刑警，你至今沒有交過穩定的女朋友嗎？」

「呃，這個……」

「川口署也是，那種狀態的屍體竟然以熱傷害處理。每個川口署的都沒常識。」

「凱西醫師，川口署會以病死來處理，是有原因的。」

「什麼原因？」

「因爲死者史蒂芬妮是無依無靠的外國人。」

「What？」

「沒有費用可以撥給無依無靠的外國人解剖。所以才會想要以沒有事件性來解決。」

眞琴頓時無言。

才跟凱西討論完種族歧視竟然就遇到這個？要比不巧，自己跟古手川也有得拚。

果不其然，凱西的神色爲之一變。

「終於連日本警方也被種族主義污染了嗎？這件事絕不能袖手旁觀。」

古手川一臉困惑，但這次連眞琴都難以迴護。雖然不是古手川的責任，但他身爲警察組織的一員，遭到凱西譴責也不算完全冤枉。

「如果因爲沒有經費無法將所有非自然死亡的屍體解剖也就算了，以人種來決定優先順序，那就是眞正的種族歧視。」

「呃，」

古手川還是搞不清楚狀況地抓頭，

「我可沒有要幫川口署的作法說話的意思哦。川口署，或是說川口市，疲於應付在日外國人是事實。縣內外國人數量最多的就是川口市，人數超過三萬八千人。人數一旦這麼多，國家的色彩就會變得更加鮮明，與原本就住在當地的日本人之間也會產生更多糾紛，不良份子也會開始結黨作亂。」

「換句話說，他們是犯罪預備軍，所以統統不存在才有利於治安是不是？」

「我可沒那麼說。」

「沒有說，也等於說了。外國人多了，犯罪也變多，這是無視因果關係的煽動。」

凱西的聲音一點也不激動，但淡淡的語氣反而說明了她有多憤怒。

「屍體現在安置在哪裡？」

「川口署。」

「請帶我過去。我一定要解剖那具非自然死亡屍體。」

「我可以帶凱西醫師過去沒問題。」

「我要做些準備，請稍候。」

說完，凱西就去後面了，而那一瞬間古手川露出「成功了」的表情，眞琴可都看在眼裡。

「古手川先生。」

「幹嘛啊？」

「你剛剛是故意挑撥凱西醫師的吧？」

「什麼挑撥，川口署想以病死處理是事實，對外國人很難撥出解剖經費也是負責處理的刑事私下透露的。我可沒說半句假話。」

「不是眞假的問題，而是你故意用會刺激凱西醫師的道德觀念的方式來說話不是嗎？」

「拜託，」

古手川的聲音已經帶有辯解意味了，

「妳眞的認爲憑我這點本事能操縱得了凱西醫師？」

「剛剛不就是嗎？」

「我的企圖，那位醫師早就發現了。只是順著我的挑撥，方便當作直闖川口署的理由。出於自己的義憤，一個沒弄好就會變成濫用職權。但如果是聽警察語帶歧視的話，就不能怪凱西醫師會去吼人了。」

「……你什麼時候學會這麼高明的技巧的？」

「耳濡目染囉。跟一個狡猾的上司做事，久了自然而然就會學到一招半式的。」

「我也一起去。古手川和義憤塡膺的凱西醫師，誰都攔不住誰。」

古手川有點傻眼地翻了眞琴半個白眼。

「我看眞琴醫師也攔不了。」

結果三人一起前往川口署。

可憐川口署生活安全課的柊刑警，成了三人的犧牲品。

「檢視官也指出如果是月事出血，血量未免太多，但也說因爲報告中少見生理期間罹患熱傷害的案例，不是沒有異常出血的可能性。」

「這就是判斷爲病死的依據嗎？」

凱西以平靜的語氣緊咬不放。

「只要有些微非自然死亡的可能便應送司法解剖，或向法醫學教室申請解剖，理論上不應該是這樣嗎？」

「您是法醫學教室的醫生對吧？大學的人來強迫我們申請解剖，這不是越權行爲嗎？」

「在問我是否越權之前，你應該爲你們的怠惰感到羞恥。就是這樣的怠慢，使得許多犯罪破不了案。」

「你不說說這位醫生嗎？古手川先生。」

接收到哀怨的視線，古手川顯得非常爲難。眞琴知道，這個人不懼對方的反擊和傲慢，但看到對方脆弱的一面便會忍不住同情。若對方同爲警察更是變本加厲。

「可是柊先生，凱西醫師的話是正論。同樣要以正論來回應，不然她是不會被說服的。」

「你還不是，不，你是在本部的，應該更清楚縣警的解剖預算有多緊。」

「所以，你現在說的不是正論，而是現實論。說穿了，就會變成因爲沒有錢，所以放過犯罪。這種丟臉的話，你敢老實跟這位紅髮碧眼的醫生說嗎？」

「最近，我開始玩ＩＧ。」

凱西從懷裡取出手機，擋在柊眼前。

「要是我用『日本警察實情』當作主題標籤放到網路上，可能會收到一些很有意思的回應。」

雖是明晃晃的威脅，柊卻無法掩飾他的動搖。他立刻伸出一隻手擋在手機前，表示不可攝影的態度。

「就算是開玩笑，也請妳不要這樣。」

「要是你認爲是玩笑，那就隨你吧。」

凱西露出不懷好意的笑容。這番演技簡直奧斯卡等級，但她恐怕有一半以上是說眞的。

「死者的身分背景和大致的人際關係我們都查了。是根據這些結果認爲沒有犯罪嫌疑的。」

看柊只能防守，毫無還手的餘地，眞琴漸漸心生同情。

「史蒂芬妮．賈西亞．安卓達是三年前來日本的。在西川口一家菲律賓酒吧工作。她單身，住宿舍，沒有多少財產。個性平易近人，在職場上也沒有惹過麻煩。換句話說，不是金錢糾紛，也不是宿怨。」

找不到動機便視爲沒有犯罪嫌疑或許是草率了些，卻還是有一定的說服力。起碼可以解釋川口署並沒有做出硬要吃案的舉動。

但站在法醫學界人士的立場，對死亡時的異狀絕不能視而不見。

古手川代爲發言：

「請讓我們看屍體。」

「看了你們就會服氣嗎？」

「這我可不敢保證。但不給看，這兩位醫生是絕對不會打退堂鼓的。尤其是這位凱西醫師，她凡事徹頭徹尾講究邏輯，根本不管縣警的預算如何。」

「啊──，知道啦知道啦。」

柊也一副我不想再聽了的樣子伸出一隻手。

「如果只是讓法醫學教室的醫生看屍體，連許可都不必申請。請跟我來。」

柊領著三人前往停屍間。雖是老生常談，但每個警署的停屍間和到那裡的通道都冷清到了極點。其中還有些會令人誤以爲是資料室或儲藏室。眞希望他們至少也要對死者做出一點尊敬的樣子來，但光想都知道答案會是「這也受限於預算」，只會令人感到更加空虛。

「請。」

三人走進了停屍間。

眞琴和凱西掀開床單一看，史蒂芬妮的屍體還維持著生前的顏色。臉部輪廓很深，看來拉丁血統應該比亞洲血統濃。

兩人依序鉅細靡遺地觀察屍體表面，尋找可疑之處。被視爲問題的出血果然是來自子宮，凡是女人都熟悉的、月經血液特有的味道鑽進鼻腔。

「相驗時，也做了藥物篩檢。」

柊說明，從頭到尾都是辯解的語氣。

藥物篩檢是採集膀胱內的尿液測驗是否有毒品反應。大多是使用 Triage 這個檢測套組，用來檢驗安眠藥、興奮劑、大麻等濫用藥物。

但「Triage」無法檢測出氰化鉀類的毒物。換句話說，即使自殺或他殺使用了毒藥，這個套組也無法判別，是其缺點。

眞琴瞪大了眼睛觀察，但到處都沒有看到外傷，也沒有內臟疾病造成的充血和浮腫。向凱西使了一個眼色，她也搖頭表示沒有收穫。

既然體表沒有異狀就沒事——這可不行，法醫學者的視線轉向內部。

「還是需要解剖。」

凱西下了這樣的結論。

「可是啊，親人不在無法徵求同意，沒犯罪嫌疑又不能做司法解剖。當然也沒有經費花在無謂的解剖上。請問到底該怎麼辦？」

「只要有犯罪嫌疑，你們就願意送解剖嗎？」

古手川挑釁地插進來。

「想以病死來處理的是川口署。要是進一步調查的結果推翻了前提，與其由縣警本部來指揮，讓川口署重新主持對外名聲也比較好聽吧？」

柊瞪了古手川一眼，但不久便賭氣般別開了臉。

「是啦，總比轄區的失誤在網路上被人家到處散播來得好。」

02.

在種種不利的條件下，唯一對眞琴她們有利的，是史蒂芬妮沒有親人，沒有人急著領遺體和辦喪禮。話雖如此，也不能一直放在停屍間，否則遲早會被川口署送去火化。人都死了，史蒂芬妮還是沒有一個安住之地。

眞琴將凱西留在法醫學教室，和古手川一起前往史蒂芬妮工作的菲律賓酒吧。

「爲什麼我得跟古手川先生一起去？」

「妳好像很不滿啊。」

「當然了。我是醫生，又不是警察。」

「凱西醫師倒是對犯罪搜查積極得很。」

何止積極，應該說是自告奮勇比較貼切吧。

「凱西醫師是因爲腦子裡頭已經先有美國的驗屍制度了。他們的檢視官也是調查員。」

「前往犯案現場。聽取證人的說法。找出藏在屍體上的眞相。戳穿犯人的謊言。眞琴醫師一直以來都是這麼做的。和我們有什麼不同嗎？」

「那是因爲古手川先生把我捲進去。」

「別怪在別人身上。我只是採取了必要的步驟，讓屍體都能接受司法解剖而已不是嗎？」

「古手川先生是爲了逮捕犯人而奔走，我是爲了司法解剖效力。只是就結果而言，我們走的方向相同而已。」

「所以啊。目的雖然不同，但做的是同樣的事，那麼眞琴醫師做的也是跟刑警一樣的工作，而且還做出了好成績。其實，最近我們組長提起眞琴醫師的時候和光崎醫師一樣多。」

「別說了！」

被一個一想到埼玉縣警就直接想到他的人記住，感覺雖然不錯，但反過來說，當那號人物是縣警首屈一指的蠻橫無理之人，就不能只顧著高興了。因爲一旦出什麼事，眞琴也會被算成蠻橫的幫兇之一。

「我不說也沒用啊。搜查一課甚至有人以爲浦和醫大法醫學教室是渡瀨組直轄的組織呢。」

「就叫你別說了。」

「剛才說到凱西醫師，那我問妳，要是跟我一起去的是凱西醫師會怎麼樣？她平常就已經是個攔不太住的人了，要是親眼看到外籍勞工受到不當對待，一定會鬧起來。搞不好就會上明天的報紙。妳身爲浦和醫大的同事，能夠坐視嗎？」

「……我去就好。」

史蒂芬妮工作的菲律賓酒吧「Rose Pink」位在從西川口車站往南開車十分鐘、俗稱爲小馬尼拉那一帶的一角。

太陽開始西下，店頭的霓虹招牌彷彿吵著要人趕快點燈。大概正準備開店吧，店裡已經流洩出淡淡曖昧的光。

「還好趕在這個時間來。不然一開店，就算自稱刑警也沒人理你。」

「這位客人，您常來這種地方嗎？」

「……拜託，別玩這種不適合妳的搞笑了。他們有不少人因爲風俗營業法把警察當作天敵，我們要是在生意最好的尖峰時段上門只會惹人厭。可不是什麼願意好好配合的氣氛。」

眞琴跟在古手川之後走進店內。裡面兩名菲律賓女子正忙著準備開店。

「不好意思，我們還沒開始。」

「我們不是客人。我是警察，爲了史蒂芬妮小姐而來的。」

古手川一表明身分，她們的表情就變得很生硬。

「我去叫店長。」

一個消失在後方，剩下的那個像是無路可逃的小動物般不知所措。

「妳叫？」

「我叫，瑪莉葉。」

「我們不是來找妳和妳們店的麻煩的，是想請教一些史蒂芬妮小姐的事。」

「我什麼都不知道。我聽說史蒂芬妮是太熱，熱傷害死的。」

「我們就是爲了確認來調查的。萬一不是熱傷害呢？」

「史蒂芬妮是個好女孩。她從來沒有和人吵過架。我也跟其他刑警說過了。」

「再怎麼好的人，也可能會在不自知的情況下得罪人。像妳們店裡，紅牌不也是會被其他小姐討厭嗎？」

結果瑪莉葉一副怎麼可能的樣子搖頭。

「不會，史蒂芬妮，沒有那麼多客人。其他人更年輕，更美。」

「那麼，反過來說，史蒂芬妮小姐有沒有討厭或是痛恨其他小姐或客人呢？」

瑪莉葉想了想，再次搖頭。

「史蒂芬妮，很看得開。她不會嫉妒別人或是恨別人。」

她沒有在店裡惹過麻煩，原來是因爲她是這樣的個性？眞琴在明白的同時，感到有些淒惻。雖然拿了工作簽證來日，在店裡卻被比自己更年輕更漂亮的女孩搶了客人和立身之地，即使如此還是必須牢牢依附這裡，否則無法生活。

不料卻聽到古手川壓低了聲音問：

「這裡的工作，是不是很苦？像是工作時間長，沒有休息時間，薪水很低，被叫去做和客人聊天以外的事？」

瑪莉葉正要開口的時候。

「刑警先生，拜託放過我們吧！我們又不是黑店。」

從裡面小跑出來的是一個四十左右的男子。頭髮一絲不亂地全都往後梳得服服貼貼的，卻因爲肚子分量十足，便難說有紳士優雅了。

「我是經理久坂部。聽說兩位是來調查史蒂芬妮的事的？」

古手川出示了警察手冊，就看到久坂部意外地張大了眼。

「縣警本部搜查一課。可是我聽說，史蒂芬妮是熱傷害在路邊昏倒的。」

「您就當我們是來確認的。」

「可是，縣警的刑事部會管的，一定都是重大犯罪啊。」

「哪裡，警署人手不足的時候我們也常會去支援。」

「是這樣嗎？」

久坂部半信半疑地看古手川。雖然不像凱西那麼入戲，倒很有古手川自己的風格。

久坂部請兩人進了後面的房間。

一走進去，香水味便鋪天蓋地而來。單一種是香氣，但好幾種混合在一起就成了刺鼻的臭味。儘管不是沒聞過，眞琴還是使出吃奶的力氣控制才沒有皺眉。

可能是她們的休息室吧，房裡擺滿了小巧的寄物櫃、茶几和化妝台。

「兩位特地過來，可惜我們大概提供不了讓刑警開心的情報。」

「聽說史蒂芬妮小姐不討厭別人也不惹人討厭。」

「她脾氣很好，也算漂亮，但也不是店裡的頭牌。沒有特別優秀就不會惹麻煩。」

「沒有健康方面的問題嗎？」

「是沒聽說過她得過什麼大病。最近說消化不良，我就給了她胃藥，頂多就這些小毛病吧。所以聽到她熱傷害在路邊昏倒的時候，我一時還不相信。」

「聽說她單身，有固定的對象嗎？」

久坂部把頭一歪。

「這我就不敢說了。我平常都不會介入小姐們的私生活，至少我沒聽說。」

「她本人是拿工作簽證居留的。在工作方面，有沒有發生過什麼問題？」

「又回到之前的問題了嗎。這一帶是菲律賓酒吧的激戰區，我們算是開得比較早的，有固定的老客人。所以沒有拉客的必要，也能維持明朗健全的經營模式，刑警先生想像的那種苛刻的勞動條件在我們這裡是不可能的。我們的福利也很好。不然您可以找小姐來問問。」

久坂部的話漸趨尖銳。

「再說，我聽說她是熱傷害病倒，川口署也以病死處理了。爲什麼本部的刑警先生還要做這種翻案的舉動？我完全無法理解。難道是有什麼證據讓人懷疑有他殺的嫌疑？」

被問起證據便難以回答。這次換古手川爲難地搔起頭來。

「事關搜查情報，無可奉告。」

「請不要說得太誇張。您還沒說，小姐們就已經因爲史蒂芬妮的死心慌得很了。」

「聯絡上史蒂芬妮小姐的家人了嗎？」

「我們得知她的死訊也才半天而已。」

「沒向她問過聯絡方式嗎？」

「因爲沒那個必要。只能晚點向小姐們問，要是還是問不出來，只能向警方要她本人的手機了。」

死者的手機目前由川口署保管。想來有必要請懂得菲律賓語的人同席，逐一檢閱裡頭的內容。

「我聽說在你們這裡工作的女性都住宿舍。」

「是的，店後方有公寓。很方便哦，只要三分鐘，家門直通店門。」

「可以看看史蒂芬妮小姐的房間嗎？」

「唔——。」

久坂部沉吟了一會兒，一副猶豫不決的樣子——儘管是警方的要求，但不知可以將死者的隱私公開到什麼程度。

「讓我請示一下老闆。」

間。

然後他用自己的手機與那位老闆講了兩三句話，便同意讓他們進史蒂芬妮的房
符合宣稱三分鐘家門到店門的公寓確實存在，但實在很難拿這個來說福利很好。房子只怕是昭和時代建的。牆壁整個褪色，樓梯是鐵製的，陽台扶手鏽得看不出原來的顏色。

史蒂芬妮的房間是二樓邊間。拿久坂部借他們的鑰匙開門進去，房間被夕陽染成了橘紅色。

四坪的房間裡有衛浴、廚房。一張圓桌正座在房間正中央，單獨一張椅子顯得孤寂。牆上只掛著一張月曆。桌上隨便堆放著看似目錄的小冊子，其中一半寫著菲律賓語。沒看到生活照之類的東西，應該是都在手機裡吧。

「眞琴醫師，妳覺得呢？」

「我又不是刑警。不過，感覺很寂寞。看不到與其他人的接觸點。」

「因爲這年頭的接觸點絕大多數都在網路上，看房間也看不出個所以然來。」

古手川厭倦地說完，視線便朝向房間一角的垃圾筒。

「不過，沒辦法PO上網的東西，都留在這邊了。」

古手川戴起手套，開始翻垃圾筒。眞琴有一瞬倒彈，但也很佩服，認爲他說垃圾

筒留下了死者的隱私，形容得莫名貼切。

應該是盛裝過熟食的塑膠容器、保特瓶、揉成一團的衛生紙、傳單、棉花棒、泡殼包裝——然後古手川的手指拎起一個盒子。

保險套的盒子。古手川搖了搖，但沒有聲音。

「沒有特定對象。如果是明朗健全的營業方式，應該沒有賣春才對。那，爲什麼這東西是空的呢？」

雖然覺得這才是最最隱密的隱私，但古手川的疑問很有道理。眞琴也聽說過一些關於賣春管理的事。做那一行的，照例是由賣方準備避孕工具的。說起來算是業務上的必需品。

「既然沒有特定對象，那就是和不特定對象發生關係了。假如不是私人的關係，就表示那位經理說謊。」

無論如何，都發生了與證詞不符的狀況。

「眞琴醫師，妳看得出這裡面本來是什麼藥嗎？」

古手川給眞琴看的那片包裝是鋁箔上貼了塑膠泡殼，極其普通。翻到背面一看，上面做了記號。

「會是剛才經理說的胃藥嗎？」

「不知道。光看記號看不出來。」

「值得去查清楚。」

古手川將這個收穫放進塑膠袋中收好。

「刑警的工作，那個，眞是不容易啊。」

「畢竟是要揭穿人家的秘密啊。當然會弄得又臭又髒。」

一雙又臭又髒的手。因爲要在污泥中抓出眞相才會又臭又髒——眞琴做了善意的解釋。

「仔細想想，跟眞琴醫師你們的工作還眞像。你們觀察屍體，一找出不合理的地方，就開膛剖腹伸手進去撈。」

「……說的也是。」

房間大致看了一圈，兩人便出去了。

然後就看到瑪莉葉站在樓下。她似乎在等他們，朝古手川走來。

「我有話要說。」

「請說。」

「史蒂芬妮有男朋友。」

「是誰？其中一個客人嗎？」

「我不知道。可是，很久以前她說過，她可能會結婚。」
瑪莉葉像是忍受什麼般握緊雙手。
「請告訴那個人史蒂芬妮死了。史蒂芬妮一定會很高興的。」
要是能找出那個特定對象，史蒂芬妮應該是會很高興。
但對方是不是也很高興就另當別論了。

03.

因為瑪莉葉的證詞並且又找到了保險套盒，史蒂芬妮有特定對象的可能性極高。
「問題是，她的死都已經被報導出來了，男朋友卻到現在都還沒有現身。」
才剛離開菲律賓酒吧「Rose Pink」，古手川便在車上這麼說。
「沒有跟川口署也沒有跟店裡聯絡。史蒂芬妮生活的圈子很小，如果是男朋友，應該會來找她或是打電話給她才對。」
古手川的話多少欠缺邏輯，卻不乏說服力。假使史蒂芬妮的對象不是客人，那麼無論是什麼國籍，都很可能住在小馬尼拉附近。

「……說的也是。不太可能是遠距離戀愛。」

「總之，可以確定的是，現在查史蒂芬妮手機的理由變多了。關係這麼親密，不可能不存在手機裡。」

「古手川先生認爲是史蒂芬妮的男友殺了她嗎？」

「現階段還懷疑不到那裡去。只是疑似死者男友的人物沒有來聯絡這一點，讓我覺得不太對而已，不過我在想，能不能憑這一點就對史蒂芬妮的病死提出異議。」

眞琴再次想起，古手川和川口署的柊說好的條件是有無他殺可能。

「這個程度的疑問，柊先生會認爲有他殺可能嗎？」

「難說。」

古手川坦然吐露不安。說不可靠的確不可靠，但眞琴有點高興他在她面前坦露自己的弱點。

「眞琴醫師覺得呢？」

「我覺得要看對方對史蒂芬妮是怎麼想的。」

眞琴的語氣帶有責怪意味。

「要是眞的把史蒂芬妮當女朋友，應該早就跟警方或店裡聯絡了，如果只是玩玩，就躲起來裝死，還覺得自己運氣好。」

「所以妳是把結婚解釋爲史蒂芬妮的一頭熱嗎？」

「史蒂芬妮在工作上見過各種男人，會這麼容易誤會嗎？我認爲更可能是男方騙了史蒂芬妮。」

「……妳對男人好狠啊。」

「這叫冷靜。」

「搞不好，眞琴醫師其實很適合當刑警。」

「別亂講。我們現在講的只是古手川先生對男女間微妙的心機一竅不通而已。」

這個以後再說——古手川馬上就想改變話題。

「既然我都起疑了，柊先生一定也會覺得奇怪。當然不可能這樣就要他懷疑有他殺的可能，但查了史蒂芬妮的手機搞不好會有什麼線索。」

「什麼線索？」

「要看了才知道。」

這個答案實在令人難安，但一出自古手川之口，很神奇地眞琴就接受了。也不知這是自己習慣了古手川的短線思考，還是眞琴自己本身就很單純的關係。

一得知史蒂芬妮有特定的對象，川口署的柊果然就起疑了。

「說奇怪的確是很奇怪。」
「可不是嗎？」
古手川一臉和自己人講話的神情。
「史蒂芬妮的手機，你們已經看過內容了嗎？」
「已經先調出通訊錄裡有的人和 LINE、Email 的紀錄了。不出所料，都是同行小姐和她在自己國家的家人。」
柊遞出一張 A4 的紙。上面是手機裡登錄、記錄的資料。
眞琴也和古手川一起看了內容。幾乎都是用菲律賓語登錄的，她只勉強認得出以羅馬字母標記的「瑪莉葉」、「草壁」。
「因爲地區的關係，我們署裡有人懂菲律賓語，我就找他來幫忙。」
「菲律賓酒吧的同事是這五個人。」
這次換古手川指出一串名字。是在「Rose Pink」問來的員工資料。
「去掉店長和同事小姐，剩下的果然好像都是在她自己國家的朋友。」
「我聽說她父母也很震驚，就剛剛的事。」
聽說聯絡上父母，眞琴立刻想知道的是，是否同意解剖。史蒂芬妮不是第一個客死他鄉的菲律賓人。一些最基本的問題川口署都已經和對方討論過了。

「結果還是錢。」

柊的語氣有點悶。

「菲律賓幾乎都是信天主教，所以是土葬。史蒂芬妮家也不例外，她父母哭求說不要火葬。可是又籌不出把屍體送回菲律賓的錢，叫我們在這邊幫忙想辦法。要是她是技能實習生，JITCO（國際研修協力機構）會給死亡慰問金，可是史蒂芬妮本來就是拿工作簽證進來的，沒有這種福利。解剖也一樣。就算家屬同意解剖，也拿不出錢來。不過，想來她也是因爲家裡沒錢，才會大老遠跑到日本來賺錢的。」

「打從一開始我就不指望她家人拿錢出來。」

「……你一臉叫我趕快承認有他殺嫌疑的樣子。」

「柊先生也覺得有蹊蹺吧？」

「這不是我一個人可以決定的。至少要讓課長級的同意才行。可能會結婚是同事聽本人說的傳聞，在房間發現的保險套盒也可能是她個人的賣春行爲。這些證據要證明死者有特定性伴侶、那人卻隱而不報，太薄弱了。」

大概是同樣身爲刑警可以理解，古手川也苦著臉點頭。

眞琴忽然想到一件事。

「除了通訊紀錄以外還有沒有別的？例如和男性的單獨合照。」

「照片我們也都翻過了，沒看到妳想要的單獨合照。是有和大概是同事的女性的雙人自拍，可是假如史蒂芬妮是同性戀者，那瑪莉葉的證詞和保險套盒就沒有意義了。」

「照片，可以借我看一下嗎？」

「如果只是看的話。」

柊一度離座，一手拿著史蒂芬妮的手機回來。

「爲了不沾上栂野醫師的指紋，麻煩戴這個。」

柊遞過來的是所謂的觸控手套。指尖的部分織入了導電纖維，因此戴了也能和平常一樣操作手機。

「借看一下。」

眞琴當著兩名刑警，將照片一張張滑過。史蒂芬妮似乎很喜歡出門，在外面拍的照片數量相當多。如果房間太簡陋是原因之一，倒也可以理解。

拍攝地點則非常多元。咖啡店、餐廳、站前商店街、某個公園。一半是食物、一半是地方，也有本人及看似同事的菲律賓女性的合照。

其中也有幾張是本人的獨照。背景是埼玉水族館、強生美國村及西武遊樂園，都是埼玉縣內有名的約會景點。

看著看著就覺得越來越不對勁。再怎麼喜歡去外面玩，自己一個人去逛約會景點也很奇怪。

眞琴再次回到強生村拍的照片。史蒂芬妮以舊式美國平房的美軍宿舍爲背景，伸出雙手比V。

終於發現不對勁的原因了。

「這張照片很奇怪。」

眞琴的話讓兩名刑警繞到她身後。

「首先，這不是自拍。」

「對，而且她兩手都在比V。」

「別的照片都好像陰天，不怎麼鮮明，獨獨這張美軍宿舍的照片光線很強，影子很鮮明。看，這裡。」

眞琴指的是一個延伸到史蒂芬妮腳邊的另一個人的影子。

「這個，是拍照的人的影子吧。我想，很少有女性會一個人去強生美國村。」

「可是眞琴醫師，也許史蒂芬妮就喜歡一個人去玩啊。這張照片也可能是請路人拍的。」

「如果她的獨照全都留下了同一個拍攝者的影子呢？現在的照片解析也可以分析

出陰天的影子了吧？」

聽著兩人對話的柊別有意味地接過手機。

「我立刻轉給鑑識。」

這是很簡單的照片解析，等不到二十分鐘柊就帶著結果回來了。

「栂野醫師，中了。」

或許是心理作用，眞琴覺得柊的聲音顯得很雀躍。

「史蒂芬妮的獨照，每一張都有同一個拍攝者的影子。」

「都跑去約會景點了，卻沒有自拍兩個人的合照，我認爲是拍攝者極力避免自己入鏡。」

「我也同意。絕不讓自己留下紀錄的性伴侶，夠可疑了。」

緊接著柊便將已證實的事實帶回生活安全課，課長判斷應送解剖。於是安置在署裡的史蒂芬妮的屍體便被送上運屍車，送往浦和醫大法醫學教室。

兩人抵達法醫學教室時，凱西已經在進行解剖的準備了。

「眞琴，good job。」

一碰面，凱西立刻豎起大拇指。

「可是凱西醫師，史蒂芬妮到底是不是眞的死於熱傷害，必須解剖才知道。」

「Of course。但身爲小衆的菲律賓女子能依手續送來解剖，能理所當然地行使當然的權利，光是這樣就很有意義了。」

因爲知道前幾天針對種族歧視的那番尖銳批判，所以眞琴覺得凱西說的很有道理，不然就只會把這些話當成平常那個熱愛屍體的人有所發現。此刻凱西的眼中可不就閃耀著好奇求知的神采嗎？

「古手川刑警，你也要就近參觀解剖嗎？」

「不，我就不用了。」

「能夠解剖屍體是好事，但奉命專門進行搜查辦案的古手川刑警，打定主意要在一旁涼快看戲嗎？」

「饒了我吧，凱西醫師。」

古手川仰天，

「這又不是正式由縣警負責的案子，我也不是法醫學教室的專屬刑警。只是我們組長暗中指示要我管而已。」

「不管是不是官方，老闆的命令都是絕對的吧。」

「講得跟黑道似的……不過，渡瀨組倒是有雷同之處就是了。可是，妳到底是怎麼了，凱西醫師？看起來很急迫的樣子。」

於是凱西向兩人招手，突然把聲音壓得很低：

「和上次一樣，Boss 的樣子有點怪。」

「怎麼個怪法？」

「絕大多數情況下，Boss 對屍體的身分背景完全沒興趣。Of course，死因與職業災害和所處環境有關的時候不在此限，但至少他對患者的經濟狀況可以說一點都不關心。可是，最近他在執刀之前都會問我這具屍體是不是 poor man（窮人）。」

古手川和眞琴對望。

「極度貧窮導致死亡的例子雖然少但不是沒有，可是那種情況的，體表都會出現明顯的特徵。Boss 在解剖前就問，太不自然了。」

凱西的疑問很有道理。說起來，上次的水口琢郎一案也是一聽到犯行的目的是錢，光崎就一臉複雜不是嗎？

「妳覺得和那則犯罪聲明有關？」

「Boss 的樣子明顯是在那之後發生變化的。我認爲有因果關係。」

就在這時候。

說曹操曹操到。話題主角光崎藤次郎開門現身。

「搞什麼，還沒準備好？」

「No，已經準備好了，Boss。」

「那就趕快進解剖室。不然還沒動刀屍體就爛了。」

眞琴一眼看過去，古手川搖搖手表示剩下的就交給妳了。不用他說，一旦踏進解剖室，那裡就是法醫學者的聖域。

眞琴緊跟在光崎之後走進解剖室。

多虧凱西事先做好準備，不需久等就能迎接光崎。

一踏進聖域的那一刻，光崎便從一個老人變身爲君主。天上天下唯我獨尊，沒有人能夠反抗光崎的見識和他手中的手術刀。

照例從觀察體表開始。凱西操作數位相機，鏡頭緊跟著光崎的視線。這樣觀察，就看得出明明才二十多歲的肉體卻比實際年齡老。肌膚雖沒有多餘的脂肪和鬆弛，卻沒有彈性，看起來甚至像四十多歲。這是民族的特徵，還是史蒂芬妮的生活習慣所致，就不清楚了。

「體表沒有外傷。屍斑集中在背面，呈暗紫紅色。沒有異狀。」

眞不知他細瘦的手臂哪來這麼大的力氣，只見光崎一個人便抬起屍體的上半身，查看背上的狀態。確定沒有異狀，光崎才終於宣布：

「那麼開始解剖。屍體是二十多歲的菲律賓女性。手術刀。」

接過眞琴遞過來的手術刀，在胸部到下腹部上割出Y字。已經不再是生物的身體並沒有噴出血來，僅僅是沿著Y字冒出幾顆血珠。

將胸口大大左右打開，切除肋骨之後，各種內臟器官便顯露出來。內部溶解已經開始了，但還沒有會薰到眼睛痛的腐臭味。

人體在死後，呈膨滿狀態的內部會充滿腐敗氣體，切開這樣的屍體的肚子，臭氣就會爆炸般噴出來。也有些會爆出有毒物質，所以要戴護目鏡來保護，但太過刺激的臭味不僅鼻子受不了，甚至有時候會懷疑是不是連空氣都扭曲了。

屍體也是有毒物質的聚集地。明明知曉這個事實，光崎處理起屍體的手法卻像個老練的大廚。每切除一個內臟，便以各種角度打量，然後再往下一個內臟下手。那視線令人聯想到品評骨董的鑑定師。

凱西是自認公認的喜歡屍體，光崎同樣喜歡屍體，但給人更強烈的探索者的印象。或許有人會爲之皺眉，眞琴卻認爲，能夠爲一件事物如此專注的人應該是很幸福的。

心臟、肝臟、胃、肺，內臟一一被摘出來，但光崎的視線卻遲遲不見變化。

手術刀伸向腰部。當肋骨正下方的腰小肌到腰大肌露出來時，光崎出聲了。

「腰大肌沒有異狀。」

和眞琴一樣，凱西也有所反應。

當初，川口署判斷史蒂芬妮的死因是熱傷害。人體受到熱傷害，骨骼肌（橫紋肌）的細胞便會溶解，細胞內的成分（肌紅素等）便會溶出到血中。因此，熱傷害患者的腰大肌會褪色呈淡粉色。然而史蒂芬妮的腰大肌卻沒有褪色，維持原來的顏色。

換句話說，這一刻，就能對推斷爲熱傷害的死因劃上問號。

接下來，眞琴和凱西也發現在腰大肌上方捲成螺旋狀的腸管有異狀。光崎雙手捧也似地將腸管摘取出來。本來應該像鱈魚子一般呈鮮紅色的腸管，一端卻已變成鰻魚般的黑褐色。

「腸管壞死。同時有間斷的腸阻塞。」

光崎沒有斷定，但眞琴直覺這才是史蒂芬妮的死因。

當腸壞死，便會引發腸阻塞或腹膜炎。這麼一來，短時間內細菌和毒素便會擴散到全身，致死率很高。

接著光崎的手指伸向史蒂芬妮的子宮。切開，掬起其中的內容物，放在不鏽鋼盤上。那是暗紅色糜爛的肉片。

無疑是胎盤的一部分。

「子宮內部及陰道沒有器具插入、刮耙的痕跡。推測爲流產。但有必要分析子宮內部與胎盤。」

流產可大分爲自然流產與人工流產。人工流產以服用藥丸進行，但卽使藥丸完全溶解，在四天之內仍有跡可循。光崎的指示就是要確認有無用藥。

眞琴忍不住問道：

「教授，流產與腸管壞死之間有相關嗎？」

這一問，光崎不客氣的視線就拋了過來。

「等分析。在確認結果之前無法斷定。但是，若以可能性而言，抗菌藥物造成困難梭菌感染的嫌疑很高。」

困難梭菌感染眞琴也知道。這是一種與抗菌藥物有關的腸炎，輕則腹瀉，乃至於腸阻塞或中毒性巨大結腸，嚴重的時候甚至會引發腸管壞死。正如這次解剖所呈現的症狀。診斷相對容易，也可從檢測抗原麩胺酸脫氫酶的快篩驗出。雖然不是確診，但有百分之八十至九十的準確度。

若照光崎的看法，史蒂芬妮是因某些原因感染，以至於腸管壞死。而光崎懷疑流產是感染的起因。

「縫合。」

恐怕光崎心中已經找出死因了。分析胎盤不過是雙重確認。所以才會在這個階段結束解剖。

眞琴的腦海裡，浮現被丟掉的保險套盒。特定的性伴侶與流產，以及感染造成的腸壞死。這樣連繫起來，降臨在史蒂芬妮的災禍便漸漸有了輪廓。

「分析結果出來了。」

解剖後，凱西以愉快的聲音向光崎報告。

「是困難梭菌感染沒錯。驗血也是白血球超過 1500/μL，血清 Cr 是基本的一點五倍。符合症狀。」

低低說了聲是嗎？光崎便叫了在隔壁房間無所事事的古手川。

「聽說在垃圾筒裡找到了丸藥的包裝？」

「對，現在正加緊尋找是什麼藥。」

「找出來之後和這些分析結果比對。」

「好。」

「也要調查藥是怎麼弄到的。不查出來會出現同樣的重症患者。」

交代完這些，光崎便一副突然興趣全失的樣子走出教室。留下了一臉茫然的古手川，以及看來已經料到某些可能的兩位法醫學者。

「……的確很奇怪呢，凱西醫師。光崎醫師竟然會對我們的搜查提出建議。」

「我說的沒錯吧？」

「關心我們辦案不是壞事，可是光崎醫師還是有所隱瞞。會不會是已經知道那個放出犯罪聲明的人是誰了？」

「I、DON'T、KNOW.」

凱西一個字一個字斷開來說，

「我才想知道呢。不過，你覺得我們問了Boss會回答嗎？」

「如果是他願意說，早八百年前就跟我們說了。」

「Yes。就算Boss只關心解剖，也不可能會默默坐視犯罪擴大。」

所以——凱西繼續說下去，

「Boss對放出犯罪聲明的人一定心裡有數。但Boss自己也不知道那個人是誰。Boss會催古手川刑警辦案，應該是想要線索。」

04.

翌日，眞琴和古手川一起前往西川口。雖然無意積極介入犯罪搜查，但若與光崎本人有所關連，自然另當別論。

「關於房間裡找到的泡殼包裝啊，裡面本來是什麼藥已經找到了。是一種叫作米索前列醇的藥。從解剖摘出來的胎盤裡，也驗出了同樣的成分吧？」

眞琴對藥名有印象。她滑動手機，確認自己的記憶無誤。

「古手川先生，那是墮胎藥。」

「嗯。我也從鑑識那裡聽說了。可是那不是合法的墮胎藥吧？」

「本來是胃潰瘍的藥。美國研究出和美服培酮併用可以進行人工流產，現在婦產科醫師都會開。雖然也是WHO（世界衛生組織）的推薦用藥，但日本還沒有核准。」

「日本沒核准是因爲有什麼問題嗎？」

「純粹是因爲審核手續曠日費時，但最近發生過一起事件。」

既然日本沒賣，那就去網路上買——一個二十多歲的日本女性基於這個想法，吃了在網路上買的印度製的口服墮胎藥，結果出現出血和痙攣等症狀。

「什麼啊，那不就很危險嗎？WHO竟然還推薦這種東西。」

「因爲對母體造成的負擔比用工具把胎兒刮出來小很多。米索前列醇會刺激子宮收縮排出內容物。這個過程就很像自然流產。服用之後，平均會連續出血九天，完全流產率高，安全性也經過確認。被報導出來的事件問題是出在印度製，如果不是合格醫師的處方，就有遇到離譜的劣質品的風險。」

「在網路上有買到水貨的風險，但很方便，所以購買者絡繹不絕。這樣潛在被害者就會只增不減。」

「厚勞省對於在美國和中國販售的墮胎藥是有規定，一定要有醫師處方否則個人不能購買，但沒有考慮到印度製。」

「可是，那位受害女性只是出血和痙攣就沒事了吧？」

「劣質品當中的不純物質裡，含有會造成大出血和造成這次案例的感染原因的抗生素成分。被報導出來的那個例子雖然是輕症，但像史蒂芬妮卻是得了嚴重的困難梭菌感染。」

眞琴邊說便想到是否應否決犯罪嫌疑。

與特定對象發生多次性行爲。即使小心避孕也不能保證百分之百安全，還是可能會懷孕。史蒂芬妮是不是在得知自己懷孕後，服用自行購買的墮胎藥而導致感染？如果是這樣，就不是事件而是意外。

真琴怯怯地說出自己的想法，古手川卻緩緩搖頭。

「史蒂芬妮的手機已經分析過了。她在網路上是買了不少東西，但至少沒有留下購買藥品的紀錄。而且，她不是還跟同事說可能要結婚了嗎？一個考慮結婚的女人，不惜靠風險高的藥物來墮胎，這不合理。」

不久，載著兩人的車子停在「Rose Pink」前。時間是下午三點過後，還沒開店，店裡也沒有開燈。兩人走向店的後方，腳步移往公寓。

瑪莉葉住哪裡，他們已經問過本人了。一樓的一〇三號。這個時間應該在家。果然，敲了三下門瑪莉葉就露臉了。

「啊啊，刑警先生。」

「我們有事想請教。」

為了預防門被關上，古手川悄悄將一隻腳滑進門縫，真琴都看到了。

「再過一會，我就要去店裡了。」

「馬上就好。妳們菲律賓人之間有沒有談過墮胎藥這個話題？」

還以為她一定會難以啟齒，但瑪莉葉卻毫不猶豫地立刻回答。

「有啊。在酒吧工作，可能會被一些奇怪的客人欺負，所以有些人會準備保險套和墮胎藥。」

「妳們都是怎麼買到墮胎藥的？是網購還是？」

「店裡有賣。」

她毫不在意地答。

「店裡，到底是哪一家藥局？」

古手川立刻就懷疑違反藥事法，但瑪莉葉又給了一個令人意外的答案。

「不是藥局啊。」

瑪莉葉告訴他們的店，悄然開在西川口站向西五百公尺左右的地方。店名叫作「亞涅克斯」，外觀是居家用品店。進去一看，狹小的店內擁擠地陳列著小擺飾和生活雜貨。成品當中混雜著手作的東西，在眞琴看來實在沒什麼品味。大型百圓商店的貨物品項充足多了。標示也是中文、西班牙文夾雜，欠缺統一感。光是這樣，就知道這家店是服務外國人。

「歡迎光臨。」

從店的後方出來的是一個貌似四十出頭的長髮男子，東亞面孔，多半是店主吧。那種瞧不起客人的視線令人不快。

古手川和眞琴不理會店主，在店內找。據瑪莉葉說，這家店有賣口服墮胎藥。

找了幾分鐘後，眞琴在一角的架上發現了那種藥。

「有了。」

她把古手川叫過來確認實物。外觀是一個可以一手掌握的盒子，標籤上的商品名是「a-Kare」。有效成分也標示了米索前列醇。與新聞報導的印度製胃潰瘍藥一致。

古手川抓起盒子直奔收銀台。

「您好。」

店主沒有奇怪的舉動，也不怎麼熱絡招呼。

「我要一盒。」

「架上應該有標價。三千二。」

「原來是要賣的啊。」

「這話眞奇怪，不賣的東西怎麼會擺在架上。」

「我是埼玉縣警。」

古手川一自報身分，對方的臉色就變了。

就在他要轉身鑽進店後方的前一刻，古手川繞過去擋住了他的退路。

「看你轉身就想逃，可見得你也知道自己犯了法。」

「我不知道你在說什麼？」

古手川拿盒子在店主眼前晃了晃。

「這藥在日本還沒有核准。不說別的，不是藥局的店爲什麼會賣藥？這下就雙重違法了。」

「那不是藥，是營養品。」

「既然要說謊，就編一個好一點的。這邊這位是女醫師。成分表讓她看到就完了。」

店主求救般往這邊看，眞琴便面無表情地點頭。

「那些我哪懂啊。」

店主還不肯死心，硬要裝傻，

「我一直以爲是營養品。」

「這種東西怎麼可能是健康食品或營養輔助品。這是能治胃潰瘍的藥，也不算醫藥部外品。」

醫藥品被定義爲以治療爲目的的藥物，沒有藥劑師或登錄在案的販賣通路就不能販售。依照規定，沒有藥劑師或登錄在案的通路只能販賣以防止、衛生、預防疾病爲目的的醫藥部外品。

施壓的古手川換上凶暴的臉。像眞琴這樣了解他平常是什麼樣子的人就知道那是演出來的，但對一個陌生人來說，肯定是不小的脅迫。他說他以前跟不良份子大打出手看來不是說假的，現在便以習於暴力的動作讓店主逃無可逃。

「我眞的不知道啊。誰會去看包裝啊？」

「藉口就留到署裡再說吧。」

「這會被判重罪嗎？」

「持有、販賣未經核可的藥物，處三年以下有期徒刑或三百萬圓以下的罰款。至少，店要繼續開下去會有困難吧。」

「饒命啊！」

店主哀嚎，

「我有家要養啊。」

看店主一臉快哭出來的樣子，眞琴忍不住也心生同情。不難想像在一個小衆受到壓抑的地方要營生是多麼困難的一件事。三年以下有期徒刑或三百萬以下的罰款，對他們而言終究不能說是輕罰。失去店主這個經濟支柱，家人當然會走投無路。

有一瞬，古手川的視線轉向天花板。大概是爲了防盜，監視攝影機對準了收銀台附近。

「那個攝影機，有在運作嗎？」

「有。現在你威脅我的場面也都拍下來了。」

「存檔期間有多久？」

「容量有1TB，三個月份綽綽有餘。」

「好極了。」

古手川臉上露出笑容，反而讓店主更加害怕。

「你願意協助警方嗎？」

「怎麼協助？」

「雖然算不上認罪協商，但警方也不會小看願意協助辦案的民眾。」

古手川說出希望他協助的內容，店主二話不說便答應了。

古手川率同柊再度前往「Rose Pink」，是在太陽下山、霓虹燈妖豔閃爍的時候。

眞琴之所以同行，只不過是因爲去了「亞涅克斯」之後一直找不到開溜的時機。

「哦，又是你啊。」

迎接三人的久坂部，用態度表示出不歡迎。

「這個時間客人要上門了，可以請你們明天再來嗎？」

「一下就好。」

古手川不由分說走進店裡。

「眞的只有一下哦。」

「眞的，只要你不抵抗的話。」

「你在說什麼？」

「是你，殺害了史蒂芬妮。」

那一瞬間，久坂部的表情僵住了。

「就算是開玩笑，也太惡劣了。我爲什麼非殺史蒂芬妮不可？說得難聽一點，小姐是我們的商品，我何必？」

「就是因爲你當她是商品。因爲是商品，不良品不是退貨，就是廢棄。」

「我不明白你的意思。」

「史蒂芬妮懷孕了。解剖之後從胎盤確定的。她向同事說她可能快結婚了，其中一個依據就是懷孕。她懷抱著淡淡的希望，她懷孕，男方就會考慮結婚。」

「難不成，你要說那個男方就是我？」

「久坂部先生，你是有家庭的吧？讓店裡的小姐有了孩子，家裡免不了會起爭執。搞不好還要面臨離婚、家庭破滅的危機。」

「你有證據嗎？」

「史蒂芬妮流產了。而且手機裡連和對方的合照都沒有。」
「這樣的話連DNA鑑定都不能做。要找出小孩的父親就是緣木求魚了。」
「這一點你不用擔心。在這裡，是誰讓她懷孕並不重要。重要的是，是誰企圖讓她墮胎。」
古手川說出他們闖進「亞涅克斯」沒收那胃潰瘍藥的事。
「賣的東西不太妙，但防盜措施倒是很周全。所以我們託福拿到了關鍵影片。就是你買藥的場面。頭一次來詢問的時候，你說過史蒂芬妮喊胃不舒服，你給了她胃藥，是吧？」
久坂部臉色越來越蒼白。
「店裡的小姐都知道，想必你也一定知道那是賣來墮胎的。對你來說，她肚子裡的孩子形同讓你身敗名裂的限時炸彈。她都放話說可能會結婚了，那麼你提議拿掉小孩她也一定拒絕了吧。所以你打算在她本人不知情的情況下讓她流掉孩子。」
「我沒有。」
「那，你買的藥現在在哪裡？你買藥的那天是史蒂芬妮死亡的前兩天。難道你要堅持說，才短短幾天就把一盒藥吃光了？」
一陣沉默之後，久坂部緩緩低下了頭。

「我沒有害死她的意思。」
「她死了。」
「只要流產就好了。我聽店裡的小姐說，只是流個幾天血就能輕鬆拿掉小孩。可是她卻陰錯陽差地死了……請相信我。我只是給她藥而已，我根本沒想到事情會變成那樣。」
「我們信不信，要看你怎麼說。」
「她是個脾氣很好的人。我一直相信她對我們的關係是看得很清楚的。可是，驗孕一驗出陽性她就突然向我逼婚。」
之後的話眞琴再也聽不下去，奪門而出。
溫熱的風不快地令人難以忍受。
這是她第一次，如此清楚地親眼目睹男人的自私與卑鄙。
早知道就不要跟來——正後悔不迭的時候，覺得背後有人。一回頭，古手川一臉抱歉地站在那裡。
「妳看妳，一臉好像看到比屍體更噁心的東西。」
「屍體不會背叛人，也不會說謊。」
「眞是的。妳眞的一天比一天光崎化了。妳自己有意識到嗎？」

古手川懊惱地歪著頭走過來。

「不要你管。」

「……要怎麼樣妳才會開心一點？」

眞琴瞪著古手川心想要怎麼回答，瞪著瞪著氣便漸漸消了。

他這不知所措的表情，也挺有味道的嘛。

接下來尋找答案的作業也變得愉快起來。

Part 5

孩子的聲音

ヒポクラテスの悔恨

01.

到底出了什麼事？

吉住在西棟的走廊上狂奔。平常臉色都難得變一下的吉住竟然目不斜視地奔跑，所有認識他的人無不一臉驚訝地目送他。

負責的護理師通知病患發生緊急狀況的事情常有，但令他如此焦躁可能是頭一次。只覺得時間好漫長。走慣了的走廊竟是如此遙遠。

踏進病房的那一瞬間，吉住一個字都說不出來了。本應躺在床上的妻子一重被護理師按住，本來應發出熟睡的細微呼吸聲或哭叫的愛兒，癱在那裡動也不動。

「護理呼叫鈴響了，來這裡一看就……」

按著一重的護理師說明原委。雖然簡短，但一句話他就明白了整個狀況。

他毫不猶豫地伸手去碰自己的孩子，是出自於職業意識，還是身為父親的本能，吉住不知道。他只知道孩子已經完全沒有氣息了。

「眞矢——！眞矢——！」

背對著一重的叫聲摸摸那具小小的身軀，心肺功能已然停止。

「準備心肺復甦。」

孩子是正常分娩出生的，所以很早便從新生兒室抱到母親身邊。但若要嘗試心肺復甦，就必須移到ＮＩＣＵ（新生兒加護病房）。

「眞矢——！」

彷彿要甩開一重的叫聲般，吉住親自送自己的孩子。自己身爲婦產科醫師一定是上天的安排。或許自己就是爲了救這個孩子才一直鑽研醫術的。

進了ＮＩＣＵ後，吉住沒有任何多餘的動作。以ＳｐＯ２（血氧飽和度）監測器量監看呼吸、心跳，但果然沒有自主呼吸。裝上ＥＣＧ（心電圖）儀嘗試人工呼吸。

但顯示器上的數值完全看不到變化。吉住在人工呼吸上又加上胸部按壓。一邊盯著血氧機的數值一邊緩緩按壓胸部。

拜託。

拜託，活過來。

吉住一反常態地祈禱。患者的生死是醫學治療的結果，不存在宗教和超自然介入的空間——明知如此，還是無法不在內心暗自合十祈求。

眞矢是吉住夫婦的第一個孩子。更是吉住年過四十之後的孩子，因此感情更深。一般都說世上的男人是在孩子出生後才有身爲父親的自覺，但吉住卻是在一重領了孕婦健康手冊之後，就一直有自己是父親的認知。因爲這樣的認知讓他無比暢快。

孩子也是他親自接生的。有些婦產科醫師會請別的醫師爲家人接生，但吉住相反，從未有過委任他人的念頭。難得自己懂接生，豈有不爲自己的孩子盡力的道理？孩子平安誕生時，他覺得自己身爲一個人往上成長了一階。還紅通通的眞矢在他眼中就是寶貝，他還當著護理師的面就差點落淚。

而這個寶貝出生還不到五天，就要回天上了。

放過她吧！

求求祢別搶走我們最心愛的寶貝。

吉住爲救回自己的孩子傾盡全力。一判斷人工呼吸和胸部按壓都無效，便立刻注射腎上腺素。

但是，最後眞矢還是沒有回來。

「……結束。」

宣布敗北的時候，吉住覺得全身的力氣都被抽走，絕望取而代之地灌進來。

＊＊＊

出了私營地下鐵的出口，走過一段坡道，便是世田谷區等等力的閒靜住宅區。馬路寬敞，家家戶戶的建築都堪稱豪宅。眞琴照著存在手機上的住址走向津久場家。

雖是前指導教授，但這還是眞琴第一次到津久場公人家拜訪。本來吸引她的就是津久場作爲醫師的見識，她對教授的私生活不感興趣。而且現在眞琴是法醫學教室的人，再怎麼樣都無法否認已感到疏遠。

然而無論親疏，眼前就是有一個必須向本人確認的問題。眞琴今天就是爲此而上門拜訪的。

跟著手機的導航走，不久便抵達了目的地。門牌上確實是「津久場」這個姓氏。彷彿要彰顯津久場的爲人一般，用的是很氣派的楷書。光看姓氏就不禁抬頭挺胸站好。

透過對講機自報姓名，過了一會兒津久場本人就露面了。

「歡迎。正在等妳呢。」

「教授，好久不見。」

簡單兩句話便緩和了幾分緊張，但還遠遠不到放鬆的程度。

「內人出門了。無法好好招待，抱歉啊。」

一將眞琴迎進玄關，津久場便這樣說。畢竟是不願讓他人聽到的事，因此對眞琴來說也求之不得。搞不好，這是津久場刻意安排的。

被帶到客廳後，津久場開口了。

「看妳精神不錯啊。」

「託教授的福。」

「來得很準時。以前對時間還不是那麼嚴謹。」

「謝謝誇獎。」

「畢竟光崎那個人對時間要求很嚴格啊。說到這，妳的眼神也變犀利了。看來在第一線受到不少磨練。」

姑且不論是否是光崎的意思，但受到磨練是事實，因此眞琴點點頭。

「教授呢？」

「我？是要問身體健康嗎，還是對事件的反省呢？」

見眞琴不敢應，津久場便以開玩笑的神情搖搖手。

「開玩笑的。最近我和司法人員講話的機會比跟我老婆還多，忍不住酸幾句。」

「您現在還會被叫去嗎？」

「雖然是在保釋中，但身分畢竟是刑事被告人啊。法院要我去就不得不去。講這種話大概會被罵，不過他們說起話來就喊打喊殺的。要是能稍微學術一點，心情也會開朗些。」

眞琴立刻聯想到古手川。的確，要跟古手川那樣的人斯文地說話實在不太可能。

「教授答應見我，是因爲想要斯文地說話嗎？」

「先岔個題，我覺得妳這個稱呼不太好。我已經受到免職處分了。」

「對我而言，您永遠是教授。和現在如何無關。」

「……妳變得很會說話了啊。」

「畢竟是被磨練過的。」

「我答應見妳，是因爲我很意外。我萬萬沒想到，一個被狠狠出賣的人竟然還會想要見面。」

「是我出賣了教授嗎？」

「不是妳。出賣了別人的是我。爲了自保，我犧牲了妳的朋友和患者。」

津久場說完後垂下眼睛。至於這是出於罪惡感，還是對曾經的學生的慚愧，不得而知。

「對栂野妳而言，我是出賣過妳的人。可說是不共戴天之仇。」

「您有點太誇張了。」

「所謂的有點，意思就是或多或少有幾分眞實。所以我才會好奇。至少就我所知，栂野眞琴這位實習醫生，不是一個在事隔兩年後還會爲了洩憤找到對方家裡來的人。」

一抬起頭，津久場的眼中充滿好奇。

「當然，妳要罵人洩憤也沒有關係。妳有這個權利，我也有挨罵的義務。」

「我想向您請教的不是兩年前的事件，是更早更早以前的事。」

「讓老人家話起當年會沒完沒了哦。」

「津久場教授知道有人在帝都電視台官網上留了一封恐嚇信嗎？」

「哦，寫給光崎的恐嚇信對吧。內容是說要以怎麼看都是自然死亡的方式殺害一個人，有本事就找出來，是不是？以光崎那個個性，他肯定不當一回事吧？」

「事情卻不是那樣。」

眞琴說明了光崎最近的樣子。在意他以前完全不管的凶手的處境，還會關心殺害動機。聽完她的說明，津久場也點頭表示理解。

「的確很奇怪。那個只關心屍體的人竟然會對犯罪本身表示關心。」

「如果去問光崎教授本人，您認爲他會回答嗎？」

「他不會開口的。他不但難搞又偏執，再加上完全沒有服務精神。」

「所以我今天才會來請教您。教授，您與光崎教授認識很久了吧？」

「也不知是什麼因果輪迴，我跟他是大學時代開始的孽緣。他一定也是這麼想的。哈哈，妳是覺得，如果是我這個跟光崎認識了大半輩子的人，就能代他本人回答嗎？」

津久場笑了，似乎覺得有趣。

「因爲認識得久就認爲能了解對方，這個想法太過草率。有些人是一直懷著誤會湊在一起，而且要是對對方不感興趣也無法理解。」

「我不相信光崎教授是個讓人不感興趣的對象。像津久場教授這樣，對於對方的才智懷有敬意的人就更不用說了。」

眞琴直盯著曾經的恩師說。爲了不讓對方顧左右而言他，這是必要的態度。

「妳說的沒錯，他是很有意思的對象。因爲是孽緣，我們會彼此競爭，彼此疏遠，有時也會同步。然而，我沒有膚淺到以爲這樣就是了解光崎。甚至，他那唯我獨尊的德性我至今還是難以理解。」

「但是您是願意跟我說說往事吧？」

這樣說好像要抓津久場的語病似的，但眞琴不能讓談話斷在這裡。

「我想請教的是光崎教授失敗的故事。我想，就算是現今被譽爲法醫學權威的教授，年輕時應該也有過沉痛的失敗和失誤。」

「妳說的往事是這個意思？」

「我的著眼點太偏了嗎？」

眞琴驀地裡想起待在津久場手下的那個時期。那時候，她也經常像這樣提出問題。津久場和光崎不同，很照顧底下人，對於實習醫師不成熟的問題也會細心回應。

「絕對不會太偏。妳的著眼點很確實，掌握了老不死的特質。活到我們這把年紀，對於最近的失敗就不怎麼在意了。靠我們累積的見識便足以重新振作，也有相應的地位和頭銜能夠負起責任、做出補償。喏，就像這樣。」

津久場指指自己的胸口自虐地笑了。

「然而，年輕時的失敗，既無法挽回名譽，也無法補償。無法補償的失敗永遠不會消失。」

「光崎教授果然也曾經失敗過？」

「就算是斯界權威，也不是打從一開始就完美的。妳回顧一下自己就知道。」

「我太常失敗，多到連反省都懶得反省了。」

「人啊，失敗得越多學得越多。不應以失敗多爲恥，要奮起才對。」

雖然近兩年沒見了，津久場說話還是和以前一樣，眞琴稍微安心了。

「我想光崎的失敗也一樣。只不過他是個完美主義者，這些爲數稀少的失敗格外讓他無法忍受吧。」

「……他從以前就是那樣嗎？」

「從以前就是那樣。所以同學都對他敬而遠之，教授也討厭他。在醫學生十個有十個都以臨床醫師爲目標當中，只有光崎熱中於法醫學。光這樣他這個怪胎就夠怪了，偏偏他還很優秀。當了教授就會知道，從一個人如何對待資質比自己優秀的人，就知道他有多少器量。遺憾的是，當時的教授們個個都是小人物。像光崎那般傑出的才能，有些教授忌憚，有些教授徹底厭惡。但對光崎認識比較深的都很敬佩他。這多半是事實。光崎的負評，都是針對他的人格和人際關係。沒有人批評他開刀的本事。」

「請問，您講的這些是兩位幾歲時的事？」

「和妳現在差不多。三十前後。」

眞琴很後悔，早知道就不要問。本來她無意比較，但越比越是絕望得一塌糊塗。人家是被教授另眼相看，自己到現在都還是拖累法醫學教室的小粗心。

「光崎運氣不好，沒遇到一個好的指導教授。當時，主持法醫學教室的是蜷川教授。這位蜷川教授大概是最討厭光崎的人吧？」

「被討厭是因爲光崎教授很優秀嗎？」

「這是一個原因，但最主要的是志向不同。人早就已經作古了，我也不想說死人的不是，但他就是熱中於追求頭銜勝於醫術、渴望在教授會的發言權勝於工作人員信賴。」

換句話說，就是和現在的光崎是對比。

「現在已經改善很多了，但在四十年前，縣內的解剖環境差到不能再差，擁有設備、能好好進行司法解剖的就只有浦和醫大。所以縣警的解剖當然都集中到浦和醫大這裡，解剖得越多赤字越嚴重，蜷川教授當然不可能有幹勁。而且當時法醫學教室比現在更冷門。」

明明說的是往事，卻和現狀無甚差別，眞是令人失望。眞琴也是因爲光崎在才會待在法醫學教室的。假如是別的教授，大概不到一個月就開溜了吧？

「然而，大學這個地方階級制度分明。教授和副教授形成更大的主從關係。光崎想要什麼、想以什麼爲目標，只要蜷川教授擋在前面，一切都是徒勞。但光崎眞正運氣不好的，並不是他跟的教授無能，而是他自己身爲法醫學者太有才華了。」

「他們兩人發生了什麼衝突嗎？」

「那可不是衝突這麼好聽的。那等於是光崎的自撞事故。」

津久場搜尋記憶般憑空遠望，然後才開始慢慢分說。

光崎還是法醫學教室副教授的時候，當時的浦和市內有一名小學三年級的女童在放學途中死亡。根據和她在一起的學童說，她突然按住胸口顯得很痛苦，然後直接在路上昏倒。

那時候正值兒童猝死在社會上鬧得很大的時期。死亡原因幾乎都是心肌炎和心律不整等心臟疾病，因請求相驗而趕到的醫師也將這名女童診斷爲心臟疾病造成的猝死。基於尊重檢視官和醫師的判斷，認定沒有犯罪嫌疑。女童因母親無法養育而由兒福機構收容，母親希望進行司法解剖，但因爲認定沒有犯罪嫌疑，只能由家屬負擔解剖費用，不得已只好放棄。

「負責這次相驗的便是蜷川教授。但同行的光崎卻對教授的判斷有異議。他雖然沒有說不是心臟疾病，卻說至少應該解剖。原因我也不知道，但想必是有讓光崎不放心的地方吧。他主張既然家屬沒有錢，就應該由行政單位或大學負擔。但無論他再有才華，一個小小副教授的進言當然不可能往上傳，就算本來可以也會被蜷川教授擋下來。結果是家人含淚放棄，光崎也挨了教授一頓排頭，事情告終。」

然而，事件並沒有結束。因爲兩個月後，浦和市內又發生了同樣的事件。

成爲第二名犧牲者的女童在上課中說身體不舒服，被送往保健室不久便斷氣了。這次立刻送去進行行政解剖，結果從女童體內驗出高於致死量的砷。

「根本不是猝死，而是明晃晃的殺人案。於是緊急成立專案小組，將女童周遭都查遍了。或許得利於被害者是天眞無邪的孩子，此案備受社會和媒體的注目，很快就逮捕了凶手。是一個有戀童症的農家次男。」

「他招認了？」

「招得很乾脆。他在放學途中找他盯上的女童，加以猥褻。下毒用的是買來撲滅鼠害的老鼠藥。第一個女童是兒福機構的孩子，所以他不怕事跡敗露，但不久女童就說要告訴老師，他便心生殺意。女童除了機構給的東西以外幾乎沒有機會吃其他東西，所以每次見面他都給她零食、果汁，將砷下在裡面。」

砷雖然是慢性毒，但毒性強這一點是不會變的。兒童中了毒，即使不達致死量也可能一命嗚呼。

「他在第一名女童身上嘗到甜頭，便向第二個出手。他的心理和行動委實太膚淺。從第二名女童體內驗出的砷的成分查出是用了老鼠藥，之後便有目擊情報，成分也與從他家的農機具小屋裡扣押的老鼠藥一致。凶手辯無可辯，一下就連第一次的犯行也自行招認了。但，案子並沒有就此結束。認爲要是頭一起案子解剖了就能避免第二起的意見越來越大聲，譴責便波及了浦和醫大法醫學教室。」

「那根本是找錯對象呀。」

「嗯。但要已經歇斯底里的旁觀者找回理性是不可能的事。然後還有那些唯恐天下不亂的記者來滿足這些看熱鬧的人。記者聚在法醫學教室。最精彩的是蜷川教授的舉止。做出病死診斷的明明就是他，在面對媒體的時候，什麼事都甩鍋給光崎。結果如何，妳應該想像得到吧？」

「是啊，再清楚不過了。」

「他那個人不會逃避，卻也不會爲自己辯護。還放話說『原因是家屬籌不出解剖費用』這種火上加油的話。」

事情的發展一如想像，眞琴短短嘆了一口氣。

「這是不是蜷川教授設計的我們無從得知，但社會的譴責一口氣全集在光崎身上。本來最終判斷沒有犯罪嫌疑的明明是檢視官，民衆的敵意卻是針對指出問題在於費用的光崎。明明裝聾作啞避過就好，卻非要正面對峙，所以會受重傷。我說自撞事故就是這個意思。」

「光崎教授自己後悔了嗎？」

「我也沒問過他本人，所以不知道。也不會想去問。不過，他是會反省但不會後悔的人，卻看到因爲自己的話沒有分量，而出現了更多犧牲者，我想他大概是深感羞愧的吧。」

光崎這次特別關心凶手的身分和動機的原因，雖然還不確定，但眞琴覺得她看到了遠因。

「區區一個醫大的副教授，哪裡有什麼權威，不分古今，越是俗人，越愛看到有頭銜的人跌落神壇。對光崎的抨擊持續了好一陣子。抗議電話和投書塞爆了浦和醫大，據說教務處的電話一度癱瘓。」

眞琴越聽越是反感。換句話說，蜷川教授和警方把光崎一個人推出去當活祭品，他們就只會躲起來裝死。

「但是，俗人熱得快冷得也快。不到七十五天，電話和投書都消失了。我沒有迴護的意思，但當時浦和醫大的教授會是有意維持平衡和贖罪的。我不知道他們背地裡進行了什麼作業，但兩年後蜷川教授被免職，光崎以繼任的形式晉升爲教授。那時候，社會大衆也已經把案子忘了，在大學這邊看來，正是贖罪的時候，而且只不過是給本來就冷門的法醫學教室換個教授，一點也不費事。無論如何，光崎升教授各方面都沒有意見。有異議的就只有光崎本人。」

眞琴連爲什麼都不必問。因爲自己的無能犧牲了一個女童的結果是換來教授的位子，那個光崎怎麼可能願意領情。

「渴望頭銜的人被放逐了，不想要的人被拱上去。天就是不如人願，妳不認爲嗎？」

「可是，要是沒有教授這個頭銜，就做不到、拒絕不了一些事對不對。這個頭銜對光崎教授而言，會不會是雖不渴望卻很必要的？」

聽到眞琴這麼說，津久場意外地皺起眉頭。

「妳在光崎底下待了兩年多卻還是只有這點認知，未免有點沒長進。栂野君，妳認爲那個野蠻人是靠頭銜說話的人嗎？如果他那麼好拉攏，我就不必辛苦了。」

正當眞琴無言以對時，放在包包裡的手機響起了來電鈴聲。來見前恩師，本來應該要轉爲震動模式的，眞琴現在後悔莫及。

而且來電的人是那個古手川。

「教授……」

「沒關係。快接吧。」

眞琴行了一禮，才按下接聽鍵。一個毫不客氣的聲音立刻在客廳響起。

『啊，眞琴醫師，我古手川。』

眞琴差點大叫你就不能稍微考慮一下時間場合嗎？但不巧對方不可能知道自己所處的狀況。她只好努力從自己這邊圓過去。

「是，我是栂野。請問有什麼事嗎？」

『咦，我這通電話打的不是時候？』

「我現在在以前的恩師家拜訪。」

『以前的恩師……津久場教授？』

「對。」

『要我晚點再打嗎？』

「沒關係。我徵求教授同意了。」

『那我就不客氣了。就在剛剛出了一個案子，想請法醫學教室的人看看。新生兒猝死。』

「在醫院裡嗎？」

『對。』

「病死的話，應該可以進行病理解剖。是有什麼原因不能送那邊嗎？」

『孩子的父親堅持說顯然是病死，不同意解剖。這位父親是婦產科醫師，所以現在算是雙重障礙了。不對，對眞琴醫師你們來說是三重吧。』

「什麼意思？」

『死亡的是吉住眞矢，出生五天。父親是浦和醫大婦產科的吉住教授。也就是眞琴醫師你們自己人。』

02.

眞琴一回到法醫學教室，古手川和凱西照例等在那裡。

「事情我大致聽古手川刑警說了。我也好震驚。」

凱西臉上沒有絲毫笑容。

「PO在網站上的恐嚇信全大學的人應該都知道。明明知道卻拒絕解剖，豈不是荒謬絕倫嗎？」

「可是啊，凱西醫師。死去的是自己的愛女，又是婦產科醫師下的判斷，沒有多少人敢唱反調的。」

「沒有多少，意思就是不是零囉？」

「不是，我沒有給兩位煽風點火的意思。」

「就算你沒有，但既然我們都激動了，那結果都是一樣的。」

凱西一副現在就要去找吉住的架勢。別看她平常雲淡風輕的樣子，一旦她燃起鬥志，就比古手川更難應付。

「熱血上頭的凱西醫師比我更難搞啊。事主是妳們大學的人，還是盡可能穩當一點好。」

「古手川刑警把我說得像殺傷性武器似的，但這點分寸我還是有的。只不過，如果拒絕解剖的理由純粹是出於情感或威權當局容易犯的人為錯誤，那麼我會堅決勸他解剖。」

「如果是這樣，倒是很合理。」

眼看著再不管他們兩個就一副要衝出去的樣子，真琴決定把她從津久場那裡聽來的告訴他們。不是時機的問題，而是有必要讓光崎的過去儘快共有化。

「原來，我還想說奇怪，妳怎麼現在還跑去找津久場教授，原來是有這個緣故。」

「Nice choice，眞琴。的確，最了解 Boss 的人大概就是他了。」

一得知光崎在助理教授時代發生的案件內容，兩人便抱臂不語。無條件崇拜光崎的凱西顯然非常憤慨。

「這是典型的學術騷擾。光是想像 Boss 受到那種對待，我就產生破壞衝動。」

「看吧，果然就是殺傷性武器嘛。可是眞琴醫師，光崎醫師因為這起連續女童命案後悔這我懂，可是那要怎麼和 PO 出犯罪預告的犯人扯上關係？」

「我不知道。可是教授出現不同於平常的反應想必是有相當的理由。」

「老熟人才知道的、光崎醫師最後悔的事嗎？的確，就算有什麼關聯也不足為奇。不過，直接問本人最快最方便就是了。」

「你覺得光崎教授會回答嗎？」

「……絕對不會。」

這時候凱西插進來。

「你們兩位，先把可能性趨近於零的討論留在後面，來做現在能做的事吧。不知算幸，還是不幸，現場就在大學內。」

兩人當然不反對。

在護理站問了吉住的所在，說是在西棟巡房。同爲大學職員，忍不住同情他女兒才剛死仍不得不處理日常業務的立場。另一方面，局外人古手川則是不失冷靜，打聽出死亡的新生兒已經移往太平間。

「也難爲作母親的，竟然捨得。」

古手川一詢問，櫃檯的女子同情地垂下眼。

「因爲狀況特殊，也是可以放在母親身邊，但吉住醫師說這樣反而只會讓他太太更傷心。」

自己親生骨肉的遺骸，想放在身邊和不想放在身邊的心情，眞琴都能理解。孩子的父母一定很難過吧，眞琴再度感到同情。

「死亡的新生兒的死亡證明已經開出來了嗎？」

「這個我就不淸楚了……好像還沒有的樣子。」

目前，屍體是由太平間保管，但如果是做慣了的人，開一張死亡證明要不了幾分鐘。古手川大概是擔心還來不及著手搜查屍體就被火化吧。

但他們又不能打擾醫生巡房，於是一行人便決定前往吉住一重的病房。

「那個，古手川先生。」

有一瞬，眞琴覺得她太多慮，但仔細想想又認爲是必要的擔心，便開口了。

「我想你一定有很多問題想問，可是人家是才生產沒多久就失去孩子的母親，你要多體諒一點。」

「不用妳說我也知道。」

古手川一副理所當然的樣子說得篤定，但多少了解他性子的眞琴可是一點也無法安心。

來到他們問出來的病房前，便聽到裡面傳出來的談話聲。其中一個是哭聲，一定是一重正在傷心吧。

古手川一打開門，就看到裡面有男女三人。把臉埋在枕頭裡的女子應該是一重。

在她旁邊是一個坐在輪椅上的老婦人，正低頭擔心地看著她，而握著輪椅把手的，是一名年紀將近五十的男子。

男子看到古手川，便驚訝地睜大了眼睛。

「這不是刑警先生嗎？」

「啊，你是水口先生那時的……」

一問古手川，原來這位姓宍戶的照護員是水口琢郎一案的關係人。

「不過，宍戶先生怎麼會在這裡？」

「這裡，我是吉住……這位吉住多紀女士的照護員。刑警先生會來，是懷疑吉住家小孫子的死是他殺嗎？」

這麼一來，本來一直旁觀兩人對答的多紀插了進來。

「咦，怎麼回事？宍戶先生。這些人說眞矢的死是他殺嗎？」

「好像是呢，多紀太太。這位刑警先生在縣警的搜查一課服務，負責的是殺人強盜之類的重案。」

多紀的神情明顯沉下來。

「警察出去。你沒看見我媳婦正在傷心嗎？她剛失去了第一個孩子一直在哭。都這樣了，還來什麼殺人強盜的。」

「不，現在還不能確定。即使沒有犯罪嫌疑，最起碼也要解剖找出死因。」
「解剖！」
這回趴著的一重緩緩抬起頭。
「你們要解剖那孩子、解剖眞矢嗎？」
說她一直在哭看來是事實，一重的眼睛又紅又腫。
「我女兒才出生五天就死了。你們還要解剖她？太、太過分了！」
她看古手川的眼神充滿了悲痛與厭惡。
「你們是沒血沒淚的嗎？」
正當眞琴要以同爲女性的立場打圓場的時候，凱西率先上前。
「您的悲慟我們能理解，但若不找出死因，您會永遠走不出悲慟。」
看到一個紅髮碧眼的人突然插嘴，三人愣住了。
「即使開刀，她也不會再覺得痛了。可是不解剖，你們的傷痛就不會癒合。爲了斬斷對寶寶的思念，也應該查明原因。」
「這個外國人在胡說八道什麼？」
一重厭惡的視線從古手川轉往凱西。
「我爲什麼要斬斷思念？」

「無論您再怎麼思念，死者的復活率是零。而且一直對死者念念不亡，很可能成爲放棄求生意志的原因……」

眞琴腦中的警報立刻大響。凱西的生死觀太過理性，不適合在患者死去的病房和守靈的場合談論。

「凱西醫師，等等！」

凱西還想繼續說下去，眞琴一把抓住她的手臂，半強迫地讓她退場。

「這裡就交給我們，妳在外面待機。」

「眞琴妳幹嘛啊，我還沒說服她們呢。」

「聽我的！」

將凱西趕出病房後，重新形成了三對二的攻防局面。

「身爲警官，還是希望能夠解剖。在醫院往生本來應該是做病理解剖的，但這時候就不必拘泥於形式。」

「不要、不要、我不要！我絕對不要！」

一重的抗議化爲尖叫。

「叫我先生來。他是浦和醫大的教授，也是婦產科的醫生。是他說不用解剖的。他說要直接這樣送眞矢走。你們敢反對嗎？」

仗勢欺人並不是什麼令人愉快的事。借的是丈夫的勢時更是如此。然而，考慮到一個母親剛失去愛女的心境，或許會有這樣的反應也是正常的。

「那是我們的孩子呀！要怎麼做要由我們來決定。不能聽警方的。」

我也一樣——多紀來助陣。

「我這身體雖然行動不便，但腦袋和舌頭都靈光得很。要是警方硬要解剖，兒子和我們吉住家會舉全族抗議。」

不巧，吉住這個家族多有權有勢，對校內派系不熟悉的眞琴無從得知。但另一方面，她也能理解多紀揚言要爲孫女動員整個家族的心情。母親與祖母，會拿家族來威脅，不難想像這個家族是個至今保守父兄制度的色彩依然濃厚的世家。女人的立場一定強勢不到哪裡去，才會把家族姓氏掛在嘴上。而且不惜以此來保護孫女。

「但是，如果這是有人蓄意圖謀的命案，就會眼睜睜讓凶手逃走。您願意就這樣放過殺害孩子的凶手嗎？」

「我們說是生病就是生病。」

「你，你不相信孩子的母親說的話嗎？」

「馬上給我滾！」

「等你滾了，我們照樣會好好向埼玉縣警抗議。」

在母親與祖母的敵視之下，古手川連回嘴都不敢。說到家庭，古手川一家很早就分崩離析，或許是因爲這個緣故，他對母親這個屬性有施展不開手腳的一面。現在又加上母親的母親，或許更讓他縮手縮腳。

既然如此，只有自己上了。

「不好意思，我是浦和醫大法醫學教室的助教，敝姓栂野。」

一重與多紀露出「哦？」的表情面向眞琴。

「我能理解您失去孩子的悲傷。我雖然沒有生產的經驗，但我也是女人，能夠想像兩位有多麼難過。」

既然如此——一重開口，但眞琴打斷她繼續說道：

「但另一方面我也在法醫學教室學習，希望能夠透過查出死因，對醫學有所貢獻。我認爲，所有的遺體都應該經由解剖以查明死因，不再有推測正確與否的區別。即使眞矢小妹妹眞的像吉住教授認爲的，是猝死，透過解剖，也許能夠預防其他新生兒的猝死。」

不像完全倒向邏輯的凱西，眞琴認爲這是考慮到家屬情感的說詞。在旁邊聽的古手川也一臉有道理地點頭。一重和多紀也沒有半路插嘴。

然而，意外的伏兵卻提出異議。是站在多紀身後的宍戶。

「那個，我身爲第三者，雖然沒有開口的立場，但栂野醫師和刑警先生說的，爲了不放過凶手、爲了保護其他新生兒，這些全都是對外的說詞。可是多紀太太和一重小姐說的卻是眞心話。當著送家人火化的場面，我覺得眞心話合理得多。」

心裡雖然大罵你管什麼閒事，但宍戸的說法有他的道理。對外的說詞和眞心話，換句話說，是道理和情感。才剛失去孩子的家屬無論如何都是以情感爲優先。失去骨肉等於失去了自己的一部分。在如此深重的悲傷之前，權利和組織邏輯不過是草芥塵埃。

有了宍戸的話，多紀就更大聲了。

「看吧，沒有任何關係的宍戸先生才更明理呢。你們知不知道什麼叫羞恥啊！羞恥！」

多紀的話雖毒，但更難挨的是一重的視線。看看古手川，他顯然正爲了找不到能夠說服家屬的說法著急。看樣子，攻擊和防守都只能自己來了。

正要再次反駁時，有人打開了門。

「在吵什麼？」

進來的人是吉住。看樣子是巡完房回來。

「老公。」

一看到丈夫，一重像要緊緊攀住般上半身往他那邊靠。

「這些人要把眞矢從我們身邊搶走。」

「……聽起來是來者不善啊。妳身上穿的倒像是我們大學的白衣。」

好悲哀，眞琴他們知道吉住，但擔任教授之職的人不可能認識所有其他部門學科的助教。

「我是栂野，在法醫學教室擔任助教。」

「哼。光崎教授那裡嗎？不用妳解釋，事情我大致都知道。是要我們把眞矢送去解剖吧。」

從他輕蔑的語氣，就知道他會怎麼回答。

「沒有肉眼可見的危及生命的疑點，卻突然呼吸停止與體溫降低。推測原因爲中樞神經的防禦反射未成熟，短時間內無法脫離無呼吸狀態。是典型的SIDS（嬰兒猝死症候群）。不需要解剖。」

眞琴不禁懷疑自己的耳朵。本來SIDS的定義就是『原則上未滿週歲嬰兒突然死亡，而自其健康狀態及臨床病史無法預測其死亡，經死亡過程解析及解剖檢查仍找不出原因者』。當然，診斷也包括剖驗，如果說因某些原因無法進行解剖或死亡過程解析，便不能下此診斷。若診斷爲SIDS，便要立刻報警，經相驗後必須施行司法解剖或病理解剖。

然而吉住卻省略了最基本必要的解剖手續便判斷爲ＳＩＤＳ。等於毫無前提便直接下結論，實在不像一個醫師的專業診斷。

「沒有死亡過程解析，也沒有剖檢就診斷爲ＳＩＤＳ嗎？」

「是否要報警是交由主治醫師裁量。死亡過程解析也是，若沒有發現外部因素，同樣也只能依照主治醫師的意見來做。」

根本不講道理。這樣簡直是發動強權嘛。

「一臉不服氣的樣子啊，栂野助教。那麼，妳是對我身爲婦產科醫師的資歷和見解有疑問了？」

要是凱西在場，一定會說這是學術騷擾鬧起來。雖然這是頭一次當面交談，但眞琴萬萬沒想到竟然會遇上說話如此蠻橫的人。同樣蠻橫，但論點都合情合理的光崎比他好上好幾倍。

一重和多紀露出得意洋洋的笑容，拿準了有吉住的裁量就如虎添翼。只不過這也可能是眞琴想太多，也許她們只是因爲援軍到了才露出笑容而已。

一直保持沉默的古手川在耳邊小聲問：

「眞琴醫師，剛才教授說的什麼中樞防禦的，那是對的嗎？」

「也沒有什麼對不對，那只是說法之一，SIDS的原因目前還不知道。所以才有必要一再解剖來驗證。」

吉住立刻質問：

「憑妳那貧乏的經驗，妳還眞是敢說大話啊。」

這顯然是挑釁，但這口氣實在讓人吞不下去。

「不好意思，吉住教授應該知道法醫學教室的狀況吧？」

「聽說你們就三個人在運作嘛。本來法醫學就是冷門科目，但你們這也冷門到一個境界了。」

「是啊，非常冷門，以至於三個人一年就要解剖幾百具屍體。所以像我這種不成才的助教也累積了不少經驗。再加上指導我的是光崎教授。我敢說，我們的內容比其他大學的法醫學教室來得充實。」

「光崎是嗎？」

吉住一臉吃了難吃的東西的表情。

「那個名字也是讓我們不願解剖的主要原因之一。要是妳以爲搬出這個名字就能狐假虎威，那妳反而造成了反效果。」

比起辱沒自己，眞琴更不能忍受他說光崎的不是。

「恕我直言，法醫學界裡信奉光崎教授的人可不在少數。」

「哼，既然妳要炫耀信徒人數，不妨把人全都帶來啊。別的不說，在我和我妻子面前搬出光崎的名字就是自討沒趣。」

「請問這是什麼意思？」

眞琴是眞的不明白才會發問。然而聽到她這麼問，吉住卻露出懷疑的神色。

「難道妳眞的不知道？」

「不知道什麼？」

「大約四十年前，主持法醫學教室的是蜷川教授，那時候光崎還是副教授。」

「這我知道。」

「當時發生了殺害女童的連續殺人案，一開始診斷爲病死的蜷川教授因無法扼止第二起命案而遭受教授會處分。繼任的是主動背鍋的光崎。不管社會大眾怎麼看，在有心人眼裡，蜷川教授的失勢怎麼看都是光崎和教授會勾結的陰謀。」

「那和吉住教授又有什麼關係？」

「我妻子一重就是蜷川教授的獨生女。」

眞琴吃驚得下巴掉下來。

03.

「輪迴又輪迴呀，因果不斷輪迴，是嗎？」

被趕出病房後，古手川套用了某著名歌曲調侃道。

「知道剛才的關係之後，就覺得身爲蜷川教授的女婿，也難怪他會先恨上光崎醫師。」

看他說得一臉了解內情的樣子，眞琴忍不住想調侃一下。

「怎麼說得好像你很有經驗一樣。」

「畢竟縣警內部就實際存在論功行賞和報復人事啊。」

眞琴一心以爲他對人事和考績毫不關心，所以聽到他這麼說有點意外。

「幹嘛傻愣愣地看著別人？」

「古手川先生，我一直以爲你對那些沒有興趣。」

「我好歹也是公務員，怎麼可能完全沒興趣。剛被分派到渡瀨組那時候，滿腦子都是怎麼出人頭地……就說了，妳幹嘛一直盯著別人啊。」

「現在的古手川先生，行爲舉止一點都不像想出人頭地的人。」

「看著組長，自然而然就會變成那樣。因爲他是那種人，所以不要說課長和刑事部長，連本部長都看他不順眼，偏偏他的破案率高出別人一大截，所以沒有人敢說話。可是想扯組長後腿的人多得要命。畢竟在警察裡，破案率高是一種勳章。」

「就像嫉妒那樣嗎？」

「女人的嫉妒是怎樣我實在沒概念，不過我倒是知道男人的嫉妒和怨恨，那可是既慘烈又執拗的。所以被迫離開大學教授之職的蜷川教授和他的家人對光崎醫師恨之入骨，我很能理解。」

古手川短短嘆了一口氣。

「至今不願接受司法解剖的案例也不少，但那都是對死去的家人的執著造成的。可是這次還要加上對光崎醫師的恨和針對，門檻就更高了。」

「還有另一個推高門檻的原因。」

「那是什麼？」

「對象是出生不滿一週的嬰兒的事實。我雖然沒有當過母親，但一想像自己的骨肉才剛出生就要被解剖的心情，就覺得有點難以承受。」

對此，真琴本身也覺得難過。她故意不提，但要對嬰兒下刀的虛無感真的很難消受。

「可是，這次逃避了，妳一定會後悔的。」

古手川抑鬱地搔搔頭，

「等事後知道眞的是命案的時候，就眞的是鑄下無可挽回的大錯。既然如果，就算多少有點硬來，還是盡力把現在能做的都做好。不做而後悔，不如做了反省。」

「哇，好厲害的名言。不過，這一定也是從你們組長那裡聽來的吧？」

「不是，這是我自己想的。因爲我失敗和後悔的次數不會輸給任何人，自然會有點領悟。」

這是能拿來說嘴的嗎？——眞琴覺得心虛，但從失敗中獲得的教訓倒是有其說服力。

「那，爲了不後悔，首先要做什麼？」

「主治醫師主張是病死在開死亡證明了，所以我們最起碼一定要有鑑定許可書。可是就算我們有許可書，吉住教授他們也一定會反抗到底。」

「那要是他們反抗呢？」

「那就只能反擊了。」

眞琴好想抱頭。覺得自己好傻，怎麼會期待他或許會有別的回答。他懂得棄後悔選反省，但你橫我也跟你比橫的單純卻依然如故。

要是古手川至少有渡瀨或光崎那樣的老奸巨猾——這麼想眞琴就趕緊打消念

頭。率性而爲再加上諷刺和唯我獨尊，根本就只是性格扭曲嘛。

「死去的嬰兒是母嬰同室對吧？」

「我聽說因爲是正常分娩，所以很快就從新生兒室搬過去了。」

「一般病房會裝監視器嗎？」

聽到這個問題，眞琴瞬間再次認識到醫護工作者和其他人的常識果然不同。

「醫療院所的病房會裝監視器的，頂多就只有ＩＣＵ（加護病房）。」

「可是才剛出生的小嬰兒，不是一點小事就會有危險嗎？」

古手川的話意外點出思考的死角。新生兒缺乏免疫力，就這一點古手川倒是一語中的。

「……新生兒室只會定時巡視確認有無異狀而已。除了加護病房，患者的病房不會裝監視器。」

其他醫療院所怎麼規定眞琴不知道，但至少她在浦和醫大實習的時候，是幾乎所有的科別都要輪到的。大學醫院在作爲醫療院所的同時，也具有研究機構的性質。當然雙方就會爭預算爭經費，除了絕對必要的東西都不得不仰賴人力。新生兒固然脆弱，但院方也負擔不起二十四小時監看的費用。

聽到回答，古手川的臉色果然不太好看。

「沒有監視的話，病房裡發生過什麼事就眞相不明了。只能看進了病房的人怎麼說，但如果全都是他們自己人，當然不會說出不利於他們的證詞。」

只要解剖，就能找出眞正的死因。但解剖需要名目，必須提出死亡的疑點說服署長。這是司法解剖沒有制度化的兩難。

「既然證詞不可靠，那就只能找出可疑的狀況，越多越好。」

「什麼意思？」

「有沒有發生過嬰兒必死無疑的狀況？或是有沒有人會在嬰兒死後獲利？」

作爲一個人，這是一個冷酷的假設提問，而眞琴再一次體會到，古手川他們當警察的，天天都要面對這種冷酷。

「不過，這是一場短期決戰。到了明天，吉住教授就會領走嬰兒的屍體去火化。只有今天一天可以搜集材料。」

「是啊。」

「所以我想拜託眞琴醫師一件事。妳能不能幫忙打聽吉住教授的家庭狀況？」

眞琴頓時不知如何回答。

「我嗎？」

「大學醫院內部是明確的階級社會吧？」

大學之所以能夠容許光崎旁若無人，其中一個原因是大學內部形同種姓制度的階級。就眞琴偶爾聽其他研究室的助教說的，比光崎還挾勢弄權的教授並不少。

「有階級制度的組織，會抵抗外來的壓力對不對？」

「因爲組織本來就有防禦本能。」

「依目前的狀況，不用想都知道就算我去問，相關的人也不會透露什麼。不過，自己人就另當別論。只要教授出了接近醜聞的傳聞，馬上就會傳開來。」

「被你講得這麼篤定，感覺不是很舒服。」

「別生氣啦。不過，我也沒說錯對吧？」

就是因爲沒有說錯，才讓人不舒服。有了階級制度，大多都會累積不平不滿。累積多了精神上和肉體上都會出現問題，所以必須找地方發洩。助教也好，護理師也好，大家會在群體中八卦，可說是一種必要之惡。

「我去搜集吉住教授的傳聞，那古手川先生呢？」

「我要去重翻過去的案子。」

他指的是哪個案子，眞琴不問也知道。就是讓光崎被當成箭靶的那起女童連續毒殺案。

「我不相信和這次的事完全無關。所幸過去的案件資料應該都存在警方的資料庫裡。」

「彼此在自己的主場上調查，是嗎？」

「妳不覺得這樣最有效率、最沒有壓力嗎？」

「或許很有效率，但不可能沒有壓力。」

若考慮得長遠一點，將來還有被檢舉爲倒戈之人的危險。要是調查的結果吉住沒有任何污點，自己就會成爲笑話。

但眞琴已經中毒了。被棄後悔選反省的集團感染了。

年輕時的光崎因上下關係的阻礙放棄了解剖女童，結果讓連續殺人犯有機可乘，那時他該有多麼悔恨、多麼自責？一想到此，眞琴就不能優先考慮阻礙和批評。

「說好一個時間吧。」

眞琴主動提議。

「我們不知道吉住教授什麼時候會來領遺體，但門診期間教授應該也無法自由行動。以傍晚六點爲時限。」

「好。我會在那之前查清楚。」

話才出口，古手川已經奔向走廊了。眞琴覺得他在這種時候，動作眞的很敏捷。

與古手川分開後，眞琴前往護理師休息室。有階級制度的地方當然就會劃分領域。一個只有相同立場的人才會聚集、其他階級的人非必要不會去的地方。

在浦和醫大，護理師休息室就是這樣的一個地方。

「法醫學教室的醫師好辛苦啊。」

將負責婦產科的護理師們一個個問過去，她們一開始說的大多都是這句話。她們指的不是上班工時，皮膚和頭髮會沾上腐臭味就先讓眞琴被同情一把了。

「對啊。所以我洗髮精消耗的速度是一般人的三倍。」

「可以想像。」

「除臭劑也用得很凶，衣服因爲太常洗也很快就報銷。」

「可以想像。」

「啊，不過也有好處。屍體不會凶我們，也不用清排泄物。」

眞琴在實習醫生時代就見識過護理師們所處的勞動環境。她對她們的不滿感同身受，沒花多少工夫就贏得她們的共鳴。

「我沒想到大學醫院給的薪水竟然這麼低。」

「還慢性人手不足。」

「而且佔用的時間超長的。」

說了一陣子大學醫院的壞話之後，對方的口風也鬆了。但是，接下來才是難關。

她們雖然會批評浦和醫大這個組織，卻不太會批評吉住教授。這應該是吉住的人品不錯，但看來護理師們對於什麼能說什麼不能說，還是分得很清楚的。

「他很疼老婆哦。太太住院期間，一直很關心她的情形。」

「女兒順利出生的時候，我還看到他眼中含淚。這種先生最近已經很少見了。」

「被先生那樣寶貝著，作太太的也會想對先生好啊。」

從她們的證詞裡浮現的人物，是一個好丈夫、好爸爸。夫妻也很恩愛，也看得出吉住本人有潔癖。

「所以啊，失去才五天大的女兒的時候，那消沉的樣子眞的讓人不忍心看。」

「就是啊，從新生兒加護病房出來的時候，醫生看起來好像快死了。那又是他第一個孩子。」

越聽吉住的形象越好。尤其眞琴對他的第一印象是態度囂張挑釁，落差就更大了。

一個個問下去，也問到了認識吉住最久的女護理師，小柴。小柴對吉住的評價也很高，眞琴不得不拿來與光崎作比較。

然後她忽然對一件事感到好奇。

「眞矢寶寶是他們夫妻的第一個孩子對吧？」

「嗯。因爲吉住醫師晚婚。」

「這樣問很俗氣，不過吉住教授家很有錢嗎？」

「我想應該不是。」

小柴想也不想就回答，

「雖然只是個模糊的印象，但我記得醫師說他出身自一個普通的薪水階級的家庭。」

「那，太太娘家呢？」

「哦，蜷川前教授吧。唔——，這個我也是從別人那裡聽來的，聽說他從浦和醫大的教授退下來之後，好像就沒有去別的地方找工作，房子也是郊外的成屋，這樣算不上有錢吧？」

接著小柴打量眞琴的臉。

「妳該不會認爲眞矢寶寶的死和爭遺產有關？如果是的話，妳就大錯特錯了。因爲他們家根本沒有什麼值得去爭的財產。」

眞琴不禁自然地點了頭。

「又不會有人去恨一個剛出生的嬰兒。眞矢寶寶死了，沒有人會有好處。我知道栂野醫師爲什麼要到處找我們問，可是妳問不出來的。」

小柴的看法沒錯。向護理師搜集資料的眞琴也這麼想。辛苦了半天沒有收穫。眞琴懷著備受期待的打者遭到三振般的心情離開了護理師休息室，古手川就打電話來了。

「古手川先生，我這邊不行。沒有什麼有用的情報。」

她還沒說完古手川的聲音就飛過來了。

「我這邊有進展。我現在就回浦和醫大。」

古手川的優點之一就是動作很快。聯絡完不到十分鐘就回來了。

「案子發生在三十多年前的昭和末期，但紀錄都在。因爲數量龐大，讀起來很花時間，但還好沒有白費工夫。」

古手川興奮不已，說話失去了冷靜。照例顯現出他的率性。

「老實說，辦案紀錄看得我好想吐。死者兩個都是九歲的女孩。凶手是三十八歲的單身漢。動機是戀童症，脅迫女孩進行猥褻。他的脅迫方式卑劣極了，說事情要是被別人知道，父母會嚴厲處罰她們、在學校會沒有朋友什麼的，就是用九歲的小女生最害怕的事情來控制她們。」

「眞是人渣。」

「第二個犧牲者本田靜夜小妹妹特別慘。他竟然威脅說，要是她敢跟別人洩露一個字，就要先殺了她父母再殺她。靜夜小妹妹為了父母不敢跟任何人說，在煩惱之中被毒死。對一個膽小的九歲小孩來說，等於是被殺了兩次。」

縱使已經知道案件內容，眞琴還是覺得很噁心。

「賓果啊，眞琴醫師。這次的案子和光崎醫師的案子有關。」

「怎麼個有關法？」

「我有個模糊的看法，但不是很確定。所以我帶了一個可以讓我們確定的東西來。」

古手川得意地從懷裡拿出一張紙。

鑑定許可書。

即使手邊有了許可書，還是有可能被擋下來。現在已經快到傍晚六點十五分，距離吉住的門診結束只剩下一點時間。

兩人直奔事務局。他們必須在吉住辦妥領取遺體的手續前，將遺體送到法醫學教室。

被眞琴她們找上的事務局長顯得非常爲難。

「我們不方便。吉住教授已經給了死亡證明，說明天一早就會向市公所提出了。」

「死亡證明和這份文件，您認爲哪一個在法律上具有約束力？」

古手川將鑑定許可書拿到事務局長面前。事務局長的表情爲難的成分更濃了，瞥了眞琴一眼又一眼，向她求助。

同樣是浦和醫大的人，眞琴非常能理解事務局長的苦惱。配合警察的要求很容易，但反抗醫大內部的命令系統，會影響以後的出路。在封閉的組織中，一般社會的常識就不再是常識。有時候配合警方的要求，很可能成爲背信行爲。

「這我個人無法決定。」

「你是這類事務手續的負責人吧？」

古手川緊逼不放。吉住的下班時間正步步逼近。

「可是沒有吉住教授的確認和指示，事務局要是自作主張，以後會有責任問題。」

「夠了。」

古手川似乎耗光了耐性，把許可書拍在事務局長桌上。他們交涉了十分鐘，眞琴認爲就古手川而言已經算很忍耐了。

「這是依法發下來的鑑定許可書。之後也只是按規定的手續走而已。要是不服，找縣警本部就是。」

這是古手川式的最後通牒，但事務局長並沒有特別害怕，只是非常爲難。

「不方便啊，刑警先生。」

「不方便的是你個人吧？」

古手川一旦熱血沖昏頭，說話就不再客氣了。

「我們是辦理公務。你敢阻礙就是妨害公務。好了，把太平間的鑰匙拿來。」

事務局長猶豫了半天，最後還是慢吞吞地把鑰匙放進古手川的手心。那個樣子，就是一直到最後還在試圖抵抗。

「感謝您的配合。」

諷刺地丟下這句話，古手川衝出了事務室。眞琴也只能跟上去。

兩人拿好擔架，前往太平間。打開裡面的冰櫃，便看到出生未幾的小小身體。

一看到遺體，古手川的手頓時停了。

「……好小啊。」

從這短短幾個字，就知道他受到巨大的衝擊。光看他爲體弱聲微的小生命之死而黯然，便覺得平常的沒規沒矩都可以原諒。雖然沒有特別示意，但兩人同時合掌一拜。

眞矢的遺體放上擔架之後顯得更加嬌小。那脆弱無依讓眞琴心都快碎了。古手川之所以一直板著一張臉，一定也是不願意讓別人看到他心軟的一面。

運送途中，眞琴用手機聯絡凱西。

『Good job，眞琴。我會準備好的。Hurry up！』

這就是所謂的默契吧。明明一句也沒問起取得許可書的經過和說服事務局長的事，凱西卻像是一切了然般掛了電話。

「眞了不起。」

古手川推著擔架頻頻表示佩服。

「一絲不亂的團隊合作。就算不是組長也想倚靠妳們。」

眞琴不知該高興還是該難過，總之現在只能憑著一股勁走下去。和古手川同行的時候，她雖然想扮演好煞車的角色，但看來是本能從中作梗。

一抵達法醫學教室，凱西張開雙臂迎接她們。

「Welcome！」

「光崎教授呢？」

「正要過來。快把遺體搬進來。」

凱西看了一眼擔架上的遺體便垂下視線。但那也只有一瞬間，從古手川那裡接過擔架，與眞琴一起送往解剖室。

就在這時候。

「站住！」

一個人影擋住了法醫學教室門口。

是吉住。

「妳們要把我女兒帶到哪裡去？」

只見他大步往這裡靠近，伸手要去碰擔架。古手川趁機插進來。

「鑑定許可書我們已經給事務局長了。這是公務。請配合。」

「我管你什麼鑑定許可書還是公務。我已經開了死亡證明。」

「鑑定許可書的效力大於死亡證明。」

「你以爲你請了尙方寶劍？可笑。你以爲我會對那些東西屈服？我可是她父親。」

雖然不是什麼有理有據的言論，但足以讓古手川發怵了。

「你愛怎麼標榜公權力隨便你，但是，我一步都不會退。」

吉住揮開古手川伸過來按住的手。

一個按，一個揮。一個再按，一個再揮。與公認擅長格鬥的古手川幾乎戰成平手。這就是父親的力量嗎？——眞琴爲之驚愕。

「你這是妨害公務！」

「誰理你！」

正當古手川的形勢逐漸不利的時候。

「這裡不是你們上演全武行的地方。」

一個低沉、極其不悅的聲音在室內轟鳴。一看，光崎就站在吉住後面。

「光崎醫師，這是怎麼回事？」

吉住以射殺的眼神看光崎。

「事情你應該都知道了。躺在那裡的是我女兒。我不許你們未經父母同意就解剖。鑑定許可書我也會立刻去提出異議。」

吉住張開雙手，像要保護自己的孩子般擋在那裡。

「過去我認爲你的肆無忌憚可嘆可笑，還是決定作壁上觀。但我錯了。在你變成這副德性之前就應該先摘掉的。」

「這裡是我的領域。婦產科的人閉嘴。」

「你這句話，我原封奉還。別以爲你可以對別人的孩子任性妄爲。」

「我可不記得我任性妄爲過。」

光崎緩緩伸出手，抓住吉住的肩。

吉住立刻出現驚訝的表情。

「我只是傾聽屍體的聲音。在別人的領域上任性妄爲的是你吧？」

吉住的手臂漸漸放下。這個嬌小的老人哪來這麼大的力氣？在場的人無不爲之驚嘆。

「聽說你診斷出來是SIDS。」

「沒錯。」

「沒解剖？」

「根本不必解剖。過去我處理過很多同樣的案例。」

「萬一是別的死因呢？」

「死因什麼的不重要。無論是什麼，眞矢都不會回來了。」

「你不想讓這孩子死得有意義嗎？或許你認眞看過她死去的樣子，但你曾試著去聽她死後的聲音嗎？」

「要你管！」

「醫師不能讓感情凌駕一切。蜷川教授沒教你嗎？」

「你不但貶低我，還要貶低我岳父？」
「我沒有要貶低誰。貶低別人的是你。」
光崎的手指指向那小小的屍體。
「那孩子最後要說的話就沉睡在身體裡。你身爲父親，不想聽聽她的聲音嗎？就算壓抑住感情也要聽完，這難道不是你的職責嗎？」
吉住不作聲，瞪著光崎。然而，他已經不再動手了。
「一起過來。」
「你說什麼？」
「既然你不願意女兒的身體在自己看不到的地方被開刀，那就跟進解剖室。要是我的技術有什麼不到之處，或是對遺骸失禮的話，你可以當場搶走手術刀，我不會抵抗。」
說完，光崎便從吉住旁邊經過，走向解剖室。吉住略遲一步才一臉憤怒地追過去。
準備室裡，眞琴和凱西換上解剖衣，吉住也換了。就連吉住，在進了解剖室之後，也沒有再口吐惡言。
過了一會兒，光崎進來了。

空氣頓時緊繃，室內靜得針落可聞。

「吉住教授，我要拍照。請幫忙抬起上半身。」

吉住依照凱西的指示，伸手到自己女兒背後。眞琴心想，果眞是老謀深算。早就算好了只要硬逼吉住參加解剖，他就不會採取突發的行動。吉住微微發抖的手抬起孩子的上半身，一雙眼泫然欲泣。

眞矢有一張漂亮的臉蛋。鼻梁像媽媽，不怎麼高。長大之後，一定是個可愛的少女。

「那麼開始解剖。屍體是出生五天的嬰兒。外表沒有撞傷或扼痕等外力作用的痕跡，背部有中度屍斑。」

光崎以鑷子打開嘴唇。

「舌尖部伸出至上下牙齦之間。口腔內沒有異物、異液。」

手指的動作一如往常沒有任何停頓滯塞，但這次更加愼重。有如對待寶石般的運指，就連吉住也屏息凝視。

「手術刀。」

交到他手上的手術刀，輕輕劃出一個Y字。皮膚很薄，輕而易舉地便往兩側打開。一打開肋骨，便能窺見暗紅色的內部。

吉住顯然是頭一次看光崎開刀，似乎驚異於光崎的速度與正確性。眼睛眨也不眨地追著手術刀。

或許是胸有成竹，光崎的手毫不猶豫地探查胸部。從眞琴的位置，也看得出胸腺被膜下有粟米大的溢血點。

「採血。」

凱西沒有片刻停滯，採了血。一樣是暗紅色，具有流動性。

「切開肺臟。」

吉住的肩上下一震。但他沒有伸手，只是雙手握拳。

肺臟無聲地被切開了。簡直就像奶油刀切下開始溶化的奶油。

「看。」

在光崎的聲音誘導下，吉住覆蓋在屍體上方。

「就是這裡。有氣腫。支氣管黏膜略呈菊花狀。」

在光崎說明之前，吉住的表情便發生了變化。似乎是看到了什麼難以置信的東西，懷疑與驚愕交織，拂拭了憤怒之色。

「不會吧？」

接著，光崎的手指伸向其他內臟。

「不止肺臟，氣管、支氣管也有淤血。反而沒有看見造成猝死的器質變化或異常損傷，也沒有畸形。這幾種症狀意味著什麼，凡是醫生應該都懂。」

「窒息而死……」

「沒錯。直接的死因是外呼吸遇到障礙，推定爲因口鼻阻塞造成的窒息死亡。」

「可是眞矢應該從來沒有趴睡過。不可能是寢具堵塞嘴巴。臉上也沒有屍斑。」

「到底是什麼東西怎麼導致窒息的，現在還不知道。那就不在法醫學的範圍內了。是解剖室外那個正在鬧彆扭的小子的工作。」

「你是什麼看法？」

「至少不是SIDS交代得過去的案子。沒有任何材料可以否定其中有人爲意識的作用。」

眞琴也能理解光崎爲何要採取冷漠的態度了。一再以言詞強調以免吉住錯亂，是光崎式的關懷。

「那麼，縫合。」

「慢著。至少讓我親手縫合。」

「我拒絕。」

「你難道一點慈悲心腸都沒有嗎？」

「你會忘不了縫起肚子的觸感哦。」

光崎這句話讓吉住頓住了。

「你這雙手是迎接新生命的手。多愛惜一點。而且我說過好幾次了，解剖室是我的領域，我說了算。」

吉住一臉不捨地點頭。

在沉默流淌之中，只有光崎的手指和時鐘靜靜動著。

04.

翌日，眞琴和古手川一到一重的病房，就看到吉住多紀和宍戸也在。

「你們竟然還敢來，臉皮有夠厚的。」

躺在病床上的一重硬是坐起來咒罵。

「昨晚硬把床單那些收走，孩子還那麼小，竟然連解剖都不讓我先生幫忙……」

她應該是從吉住那裡知道直接的死因是窒息了。一重沒有再多說什麼怨言，而是開始發出細微的嗚咽聲。眞琴想安慰她，但考慮到自己是光崎的部下，同情可能反而會造成反效果。

「眞矢寶寶從來沒有趴睡過，對嗎？」

古手川爲周全起見再度確認。正如光崎所說，調查辦案是警察的領域，所以眞琴決定保持沉默。

「我先生一直提醒我不可以，因爲不能保證不會發生意外。我從來沒有讓她趴睡過。」

「眞矢寶寶是在昨天上午十點三十分確認死亡的。換句話說，在那之前，眞矢寶寶就窒息了。所以我想確認一下大家在那個時間前後的行動。」

都已經掌握了搜查權古手川還一副悻悻然的樣子，就是因爲關係人的行動還是只能靠他們自己人的說詞來追蹤。因爲是自己人，客觀性便有疑點，就算送上法庭公審，也難以被採用爲證據。

「婆婆是從會客時間十點起就來了。然後，我們兩個一直忙著聊天，結果眞矢的臉色越來越差……」

「那時候是十點三十分是嗎？」

「是的。」

「在那之前，眞矢寶寶都沒有異狀？」

「都好好的有睡著的呼吸聲。」

一重盯著古手川說。雖然很想相信母親的證詞，但事實上這不可能作爲佐證，所以也只能聽聽而已。

「爲求周全，請指出眞矢寶寶睡的地方。」

一重無力地指面向床的右側，以方位來說是東邊。是靠門的那邊，另一側有窗戶。

「多紀太太那時候在哪裡？」

「在我的床頭，就在眞矢睡著的地方的正旁邊。」

「那三十分鐘之內，有妳們以外的人進來嗎？」

「負責我們的小柴護理師有來看過狀況。」

是那位護理師啊。眞琴立刻想起她的面孔。有點懶懶的，散發出濃濃的老油條味。

「我不知道刑警先生在懷疑什麼，」

多紀和昨天一樣持挑釁的態度，

「殺了眞矢也沒有人會得到好處。」

「但是才五天大的嬰兒，連背著大人翻身都不會。眞矢寶寶是口鼻阻塞而被迫窒息的。不是什麼自然現象塞住了眞矢寶寶的嘴巴和鼻子，讓她喪命的是人。而且，世上就是存在不管自身得失就是要殺害弱者的惡魔。」

因爲古手川這番話，沉默緩緩降臨。

「其他還有沒有什麼不對勁的地方？」

三人面面相覷，最後是多紀怯怯地開口。

「這跟眞矢的事可能沒有關係，不過護理師才剛出去，窗外就吵起來說有爆炸。」

聽到爆炸，古手川和眞琴都走近窗戶。但是從三樓的病房看下去，也只有中庭和植栽，沒有任何破壞或燒毀的痕跡。

「聲音很大。我和一重都好奇發生了什麼事，盯著窗戶看了一陣子。宍戶先生甚至還從我旁邊探身出去。」

「多紀太太別說了，好丟臉。」

「可見得聲音有多大。」

因爲一重的證詞，古手川和眞琴便去了護理師休息室。看了班表等了十五分鐘左右，小柴進來小休。

「原來警察開始搜查是眞的啊。」

小柴一副很遺憾的樣子，

「我今天一來，休息室大家都在說這件事。」

「大家好像都很意外喔。」

古手川是頭一次見到小柴，但表情也沒有因此而放鬆。

「小柴小姐呢，意外嗎？」

「當然啊。以前浦和醫大也出過事，可是那是醫療過失不是命案。」

「妳的意思是，醫療從業人員當中不會有人缺德到企圖殺人嗎？」

「我不會說得那麼死，可是誰也不想懷疑自己的同事不是嗎？」

總覺得聽起來好像在諷刺自己，讓眞琴很不自在。

「妳去一重小姐的病房巡視，是幾點到幾點之間？」

「我是按照順序去的，所以沒有記精確的時間，大概是十點十五分到二十分之間吧，誤差五分鐘之內。」

「就記憶而言很精確呢。」

「因爲一個患者有五分鐘左右的確認時間。在離開一重小姐的病房後，我又巡了兩人才回休息室，一回來護理呼叫鈴就響了。」

「妳巡房的時候，眞矢寶寶有沒有任何異狀？」

「有的話，當場就會聯絡醫師了。」

「聽說妳離開病房之後，緊接著中庭就鬧了一陣說有爆炸。」

「爆炸。哦，沒那麼誇張啦。只是爆竹。」

小柴一隻手搧了搧，表示爲那個鬧起來眞是愚蠢。

「聽說是做成遙控起火，犯人跑了之後才爆炸的。感應器、電線和電池都在。眞的是很單純的構造，警衛部說大概是國中生的惡作劇。」

這時，古手川懷裡傳出來電鈴聲。一看來電顯示，古手川便皺起眉頭，眞琴就猜到是誰了。

『出現了。』

渡瀨混濁的聲音連眞琴站的地方都聽得到。

「在中庭。完全包圍住了。」

「我馬上趕過去。」

古手川掛了電話回頭看眞琴，

「再一個演員就到齊了。」

兩人趕到中庭，正如渡瀨所說，他被警官包圍了。但他此時之所以害怕，只怕不是因爲被警官包圍，而是渡瀨從正面瞪著他吧。一些貧嘴賤舌的人都揶揄說他是杜賓狗，不過微拱起背恫喝對方的樣子眞的和獵犬一模一樣。

「怎麼了，無故曠職嗎？」

古手川一出聲，宍戶便緩緩朝這邊看。

「這是怎麼回事？我只是照多紀太太的吩咐要去買茶而已。」

「茶。大樓裡的自動販賣機就有賣。」

渡瀨臉上一點笑容都沒有，

「我就知道刑警的監視一鬆，你就會逃跑。那小子離開病房，就是爲了給你製造逃跑的機會。我不想看你的爛演技，就單刀直入了。在帝都電視台的網站上留言、殺害吉住眞矢的混蛋就是你。」

被點名的宍戶想置之一笑卻笑不太出來，變成又哭又笑的表情。

「我，幹嘛，做那種事？」

「先說你的手法好了。昨天，會客時間快到的時候，你把在植栽上的噴火裝置和爆竹設定好。東西八成你是在警衛人少的前一天傍晚以後準備的吧。你不動聲色地和多紀進了病房，等負責的護理師來過確認沒事，你就用手機遙控點燃爆竹。雖然只是個爆竹，但在病房大樓前製造出不小的聲響。實際上，一重和多紀的注意力暫時都被窗外吸引了。這時候有問題的是你們三人的相關位置。一重一面向窗戶，眞矢寶寶就變成在她背後。在床頭的多紀雖然就在眞矢寶寶旁邊，但那段時間你身子往前探就會把她遮住。換句話說，當他們兩人的注意力都在窗外的短短幾十秒，眞矢寶寶進入了兩人的視線死角。但這短短數十秒就夠了。你臨時起意，捂住了眞矢寶寶的口鼻。她一個五天大的嬰兒，三根手指頭就夠了，也不必花什麼力氣吧？眞矢寶寶還來不及掙扎就沒命了。還好你很快就縮手了。沒有人會想到一個善良又認眞的照護員會以飛快的速度堵住嬰兒的嘴巴。你也早就算好，嬰兒是主治醫師的愛女，所以應該會早早埋葬。」

「有證據嗎？」

「眞可惜，沒有早早火化。眞矢寶寶的鼻子上牢牢附著著某人的指紋。我會拿來跟你的比對。」

「既然有那樣的證據，爲什麼不馬上來抓我？」

「因爲一重和多紀也有可能是共犯。但是你單獨逃出來了，等於不打自招。」

「我沒有動機。」

「縣警本部還眞是叫人小看了呢。你以爲我們連背景關係都不查，就擺下這個陣勢？」

這回換眞琴吃驚了。渡瀨小組竟然在這兩天內就搜齊了證據。

「三十多年前，有兩個女孩前後被砷毒死了。雙雙都是異性戀者的犯行，但社會大衆對加害者冷漠，對被害者家人更是無情。對失去孩子的家人的誹謗中傷，簡直如暴風雨般淒厲。尤其是第二名犧牲者本田靜夜，父母互相質問對方的管理之責，後來離了婚，一家離散。當時，小靜夜兩歲的弟弟因爲母親恢復舊姓而改了姓，那就是你，宍戶征爾。」

宍戶一動也不動。

「吉住眞矢是蜷川教授的外孫女。若是蜷川教授在最初那起命案就著手解剖，或許你姐姐靜夜就不會喪命。蜷川教授和光崎教授對你來說都是姐姐的仇人。也就是說，你殺害眞矢寶寶是向蜷川教授報仇。你進入『安心護理』的經過我們也問過公司了。說是你看到公司的箱型車的廣告，很有興趣。哼，從那時候起，吉住多紀就是『安心護理』的使用者。你知道蜷川教授的女兒嫁給了吉住教授，便試圖透過吉住多紀接觸蜷川教授的家人。事實上，你在進了『安心護理』就積極希望照護吉住多紀。你的認眞和熱心受到賞識，成爲多紀的照護員，你心裡可得意了，不是嗎？」

「蜷川害死我姐姐。我向他報仇有什麼不對？」

宍戶終於豁出去了。

「我姊遇害後，我們留下來的家人也被社會大衆殺了。這一切，全都是蜷川沒有做他該做的事。我向他報仇難道不應該嗎？」

「如果只是報仇，倒是還有三分理，但你也有私心。」

渡瀨又繼續說，

「水口夫妻的案子你也有份。那雖然是那對夫妻爲了保險金犯下的命案，但送檢之後，向那兩人仔細詢問，才知道可能就是你教唆他們，去殺害一個拖累父母的孩子詐領保險金。你想想看，水口夫妻的親屬除了兒子就只有你一個，老婆又不可靠。做丈夫的要是出了什麼事，保險金實質上就隨你處置了。換句話說，你在帝都電視台的網站上留言說『會佈置成自然死亡殺一個人』，其實是煙霧彈。實際上一起命案是以財產爲目的，另一起是以報仇爲目的。那則犯罪聲明，是爲了隱藏你的眞實意圖、混淆視聽。」

一剝下純眞的復仇者的面具，宍戶便以醜陋的面貌看這邊。

「你眞聰明。棒透了。眞不該在埼玉縣內犯案的。」

「你必須在縣內犯案還有另一個原因。」

「什麼原因？」

「我把你最想見的人帶來了。」

一個嬌小的白衣人一顛一顛地從渡瀨指的方向走過來。

「光崎。」

宍戸睜大了眼，不久便露出挑釁的笑。

光崎終於站在宍戸面前。

「謝罪吧，光崎。」

彷彿要濕潤乾澀的嘴唇般，宍戸伸出舌頭。

「因爲你和蜷川，我姊被殺了，一家四散。謝罪吧，當場給我跪下來。」

不等他說完，光崎便一拳打在他左頰上。

宍戸隨著喊的一聲悶響往後飛去。光崎的行動讓眞琴連聲音都發不出來。

「你從頭到尾都搞錯對象。」

「你說、什麼？」

「就算報仇可以正當化，你該殺的也是蜷川教授或我。但你偏偏殺了一個五天大的嬰兒。因爲你料到若以蜷川教授或我爲目標，你無法達成目的。爲了滿足一己私欲，對毫無抵抗之力的弱者伸出爪牙。在那一刻，你就墮落成和殺害你姐姐的人渣一樣。」

或許明白了光崎的言外之意，宍戶一時之間呈失神狀態。

「如果要再說的話，有一點就是，我必須謝罪的對象不是你。而是還來不及發出一聲哀嘆就遭到殺害的死者。你少臭美了。」

說完這些，光崎就一副失去興趣般背向所有人。

「逮人。」

在渡瀨的指令下，警官從四面八方一擁而上，逮捕宍戶。

「放開我！你這混蛋！」

看到宍戶被抓，渡瀨才像追隨光崎般離開。幾名警官將宍戶帶走之後，就只剩下眞琴和看來還在鬧彆扭的古手川。

明明破了案，他到底還有什麼不滿？

「怎麼了，古手川先生？」

「又來了。」

「所以怎麼了呀？」

「又整鍋被端走了。」

希波克拉底的悔恨

ヒポクラテスの悔恨

作　者－中山七里
譯　者－劉姿君
編　輯－黃煜智
行　銷－林昱豪
校　對－魏秋綢
封面繪者－遠藤拓人
封面設計－楊珮琪
排版設計－陳姿伃
副總編輯－羅珊珊
總 編 輯－胡金倫
董 事 長－趙政岷
出 版 者－時報文化出版企業股份有限公司
108019台北市和平西路三段二四〇號四樓
發行專線／（02）2306-6842
讀者服務專線／0800-231-705、（02）2304-7103
讀者服務傳真／（02）2304-6858
郵撥／1934-4724時報文化出版公司
信箱／10899臺北華江橋郵局第九九信箱
時報悅讀網－www.readingtimes.com.tw
電子郵件信箱－ctliving@readingtimes.com.tw
思潮線臉書－https://www.facebook.com/trendage
法律顧問－理律法律事務所　陳長文律師、李念祖律師
印　刷－勁達印刷有限公司
初版一刷－二〇二三年九月八日
定　價－新台幣四六〇元
（缺頁或破損的書，請寄回更換）

時報文化出版公司成立於一九七五年，
並於一九九九年股票上櫃公開發行，於二〇〇八年脫離中時集團非屬旺中，
以「尊重智慧與創意的文化事業」為信念。

希波克拉底的悔恨 / 中山七里著 ; 劉姿君譯 . -- 初版 . -- 臺北市 : 時報文化出版企業股份有限公司 , 2023.09
320 面 ; 14.8*21 公分 .
譯自 : ヒポクラテスの悔恨
ISBN 978-626-374-062-4(平裝)

861.57　　112010909

ISBN 978-626-374-062-4
Printed in Taiwan